我與文學

張秀亞——著

三民書局

代序

母親手中的筆——尋覓美之最高境界

于德蘭

一生從事文學創作的母親，著、譯、小說、散文、評論文字達八十餘種。母親因先天的文學愛好及後天環境影響，她享受讀書，熱愛寫作，她對人充滿善意，對世界充滿了愛。

小讀者們常常問她最多的是寫作上的問題，母親曾說過文學使她的生命燃燒發出亮光，她為文學付出一切而無悔！所以文學已是母親生命的主軸；她曾寫過十一冊的西洋藝術史綱，也愛「讀」畫也會畫，母親年輕時常將我們兄、妹兩人幼時渾圓的小臉入畫。

《我與文學》中對文學、書、畫都有深入的探討，多有啟迪心靈之作。我想起了母親文學路上之諍友，散文大家陳之藩曾說到母親的散文：「有振衣千仞崗的清新氣概……。每當煩憂欲死之時，……一讀之後就覺一切煩憂滌蕩無餘。」這些話也代表了許許多多讀者的心聲。

母親愛好大自然，她寫：「這小花，這微笑，使你想起了一些什麼，也忘記了一些什麼，它引你流淚，但那淚點正好洗去了你心上的那點煩憂。」她又寫：「我也有一滴晶瑩的水珠，裝飾宇宙的心胸！」真是印證了那「一沙一世界，一花一天堂」之境界。

如此晶亮的句子，心靈的微語，在書中俯拾皆是，含有無限的趣味與蘊意。

她以一些意象、幻思邂逅，許多憶念及想像融合生活現況綴出夢之綠原，形成一篇又一篇流暢動人的散文，小說及詩……，她將讀者帶入一澄明的湖邊展卷，母親自詡為美之境界的拾荒者。

母親由初中時即開始向各大報投稿，一生近七十年的創作文學生涯。她純真有赤子之心，用字典雅、雋妙、生動，有哲思及詩情，她全心全力投入寫作，有自己的作品風格；她寫出的每篇文章都是審慎幾讀通過才寄出，說她寫出的字字句句都是嘔心泣血之作也不為過。母親文章得到廣大讀者喜愛及反響，是她一生最快樂的事。

名詩人、名編輯瘂弦先生說：「張秀亞以不到三十歲的年紀將美文這支火把帶到臺灣，四、五十年代創造了文學史上空前未有的女作家活躍時代，張秀亞在那個時代有引領的作用，為燃燈者。沒有張秀亞，美文不會出現也不會有年輕的美文作家。她是承先啟後的推手。」他並說：「張秀亞是真正的美文大師。」

因母親的作品不但可提升讀者美的心靈境界，亦給予失望的人力量及帶來希望，她以文字鋪陳出的是一塊沒有任何汙染的文學淨土。

現今世界變了，即使人心也變了，但真理不會變，值得一讀再讀的好的文學作品，更是亙古常新不變的。

母親曾說：「每一位藝術家的生命是一支歌。」母親一生用心以文字為讀者們唱出了優美動人的歌……。無論在任何世代，希望細心的讀者們都感受到這些美文的芬芳，追求更高的文學境界，體會到生命的真諦，每位心中也唱得出一首好歌，使人間更為可愛美好！

重讀母親的《我與文學》

前些時，我收到三民書局編輯部來函，表示我母親張秀亞女士在三民書局出版的著作《我與文學》要重新排印了！並希望我寫個序言，在書前寫序我是不敢當的，我只願將我高興的心情與感受寫幾句話。

遠在民國五、六十年間，我母親在三民書局出了許多書，有《我與文學》、《那飄去的雲》、《藝術與愛情》、《水仙辭》、《寫作是藝術》（東大）等，當時是母親寫作的豐收期，也有許多出版社想出她的書。我記得小時家住臺中時,印象中見過幾次劉振強先生由臺北坐火車到舍下來，主要是為爭取出版母親的書給讀者們閱讀。今天的三民、東大已是臺灣有口皆碑的壯大的文化事業公司，三民的成功與劉先生尊敬作家，並秉持著出版高水準的讀物頗有關係。

《我與文學》初版距今已有近四十年時光，中間曾再版多次，而今三民書局願以現代新進的印刷技術，適當的字體編排呈現給廣大讀者，當然是我們所樂見樂知的。

本書的第一、二輯中，多為母親的抒情文字，她的散文大家都很熟悉了，不需我多言。而一篇〈貓〉中孩子們的對話，不禁使我憶及我們兄、妹倆小時候，記得當年送貓來的是木刻家陳其茂、丁貞婉夫婦。

一九四九年母親渡海來臺後就不曾返回她生長之地，而她輯中文內對古城的回憶頗多。今年四月我首次踏上古城北平——母親當年唸書的地方，我沿著她舊日的足跡，為她重訪了課室前的海棠樹，什剎海邊走了一遍……。回來後再重讀這些文章，更多了一份新的感受。

〈我的一位老師〉讀來似有名作家蕭乾的影子，母親初中開始即向《益世報》、《大公報》投稿，蕭先生當時為《大公報》副刊編輯，母親曾受到他極多的鼓勵，並寫信告訴她有名家如沈從文先生之誇獎函，但他告訴母親：「要低下頭，好好的寫，要比許多名家還要好。」並說：「要以文示人，勿以人示人。」（今日之語即專心寫作，勿做秀之意。）母親將良師之語，奉行終生。

〈我與文學〉篇名亦是當年由劉先生建議用作書名的。若有人想瞭解作家一生的寫作足跡，由此文中當可得到解答。文內母親提到在她哥哥的書架上發現了一女詩人的集子，這位散文作家即是寫《寄小讀者》的冰心女士。

以一位一生享受讀書、熱愛寫作的作家而言，在第三輯中談寫作、讀書、讀畫之文字，應有較深刻的體會給予讀友們一些啟迪，母親寫作數十年間最常被讀者問到的也常常是有關寫作的問題。她本身又愛觀畫、讀畫，她認為由畫家的作品中可讀出創作人之生命力。

名詩人瘂弦說：「張秀亞女士每篇作品均可收入教科書中。」如今，在臺灣、香港、新加坡等地之華語讀本中均可見到作家張秀亞的文章，可見得其文字是極適合青年學子去欣賞的，也希望讀友們在母親的作品中發現閃爍出的無限的趣味與蘊意。

人生的生命有限，而文學的生命無限，文字能代代流傳下去是寫作者一生中最大的安慰。

感謝三民書局劉振強董事長之美意及編輯部朋友之費心，使《我與文學》這本書以新的面貌呈現給讀者們。

于德蘭　於二〇〇六年五月

前記

民國二十四年在初中讀書時，我即曾試著向當時天津《益世報》的《文學週刊》投稿，到今年正好是三十年，(偶發舊篋，微黃的紙色，見出時光的留痕。）這本書也恰好是我的第三十本文集，可謂巧合！

在這裡，我要向三民書局的劉經理道謝，由於他的盛意，這部散文集得以出版，而我正好用以做紀念我寫作「小小三十年」的里程碑，也可以用來作為我——這格子紙上的蹉跎者——以後寫作的分水嶺。書名也是出於劉先生的建議：以集子中的一篇的題目作為書名，這個題目「我與文學」，雖並不見得能概括這個文集的性質，卻多少說明了這個文集的意義，「我與文學」四個字，正好解釋出我對文學的愛好，以及對它的那股終身以之的不易不移的熱忱。

由於生活節目的「調整」，我已有將近兩年的時光未曾親近筆硯，這段「沉默」的時期，我並未冷落了文藝女神，實際上，我卻更與她接近了，落葉的微響，我認為是她的環珮，小園中的芳馨，我以為是她的吹息，正如睡蓮偎近了水波，我的精神似更接近了文學與藝術，只是寫得較少，而讀得較多了。

這集子中的作品，雖不是最近的，卻都是兩三年前所寫的，在集子的第一輯第二輯中，皆是抒情敘事之作，第三輯中所收的，則是讀書的心得與寫作的經驗，內容雖然參差，在精神上卻是一貫的。

我覺得一個文藝作者能夠寫得廣而且深，自然最好，不過，倘使寫得廣泛而浮泛，又何如將題材濃縮，寫得真摯而深沉呢？記得當代美國畫家安諸．魏斯說過：

我還不曾將我身邊的一切完全參透呢，為什麼我不能在一個地方停留下來，發掘得更深一點呢？

真的，對我們身邊的一切，對「人同此心」，「心同此理」的心與理，我們為什麼不能發掘得更深一點呢？在寫作上，我有一個時期，曾企圖自室內走到戶外，如今，我才發現在戶外停留得太久了，我要回到屋簷下，回到心靈的內室裡來，諦聽他人以及自己靈魂的微語——那才是人類真正的聲音。

我曾聽到一個女孩在淒清的雨夜，對那黝暗而陌生的世界發出的喟嘆；我也曾體會出一個純樸的村童與一隻跛足的小黃鳥間的情愫，多美啊，當充滿了真摯情感的純真心靈都如金黃芯子的蒲公英一般，展現處處時，世界上就會出現真正的春天了。——這不正是自古至今，無數的文藝工作者們所努力追尋的嗎。

五十五年雙十節於臺北

目次

代序／于德蘭
重讀母親的《我與文學》／于德蘭
前記

第一輯

春天的聲音 3
貓 7
雨夜 14
月圓 20
春 23
水松 27
文竹 31
風鈴 34
海棠樹 38
小城·老屋 42

夏日小箋 49
歌 54
呼喚 58
我愛雲 62
楓葉 66
田園 70
小花 73
白色的節日 76
池畔 80
秋 87
初秋隨筆 90
深秋 95
落雪的日子 98
雪地上 101
山與水 107

第二輯

寂寥 111
杏黃月 117
星影搖搖 123
旋轉的燈柱 126
沉默 134
知音 137
詩·生活 143
吾師 149
我的一位老師 157
寄給薔 168
致友人書 174
有寄 179
小箋 182

黃鳥．小孩 186
愛之火 193
歸 199
馬槽邊的小羊 202
快樂痛苦 211
笑 215

第三輯

一年來 221
我與文學 227
讀書偶得 236
月夜讀畫 266
讀畫記 271
圖繪感情的畫師 275
散文的抒情 282

文字的寶盒 291
奧斯定的自傳 294
我試寫《西洋藝術史綱》 306
海敏威的思想與技巧 310

第一輯

春天的聲音

你聽到過春天的聲音嗎？

春天的可愛處不只在它的顏色，更在於它的聲音。

那是雨腳落上窗櫺時的微響，輕風對你的呼喚，以及在小徑上、園角裡發出來的一些細碎的聲音，甚至於一個小孩響亮的口哨，都會成為春之交響曲中動人的部分。

但是，最美妙的春之音響，是鷓鴣的啼喚，斷續的一聲聲，似是怨嗔，又似是喜悅。

但是在都市裡竟然聽不到這最動人的春天的聲音！

沒有聲音的，啞了的都市之春啊！

我終日佇立窗前，渴望聽到那朦朧的，包裹著濃霧一般的，不分明的鷓鴣啼聲。

記得在古城讀書時，窗外那淒惋的鳴聲，來自不遠的湖濱，以及左近的小樹林裡，一聲聲，又一聲聲，漸漸的叫得窗子發白、變亮了，於是，我起身打開窗門，迎接那芳鮮如露的春晨，連同那早晨第一次聽到的聲音。

我整個的靈魂浸潤在那帶著草木濕味的聲音裡，宛如接受到上天的祝福。

如今我再到何處才能聽到那種聲音呢，盈耳的是喧囂的市聲、車聲……。

沒有鷓鴣的鳴喚，也沒有一隻鳥兒飛到院中的樹上窒息了的，瘖啞了的都市的春天啊。

溫習著昔日春日的樂曲，我黯然的迎接這個春天，寂寞的春天。

今天走過了一道小河，水流無聲，河畔的杜鵑花如同一堆紫煙。我走到前面拾取了一片落瓣，我聽到了一聲春天的嘆息，……一種那麼微細的聲音。

我感到一陣喜悅。

即使是嘆息也罷，我終於又聽到一種微妙的春天的聲音了。

鷓鴣的鳴喚，聽來似是綠色春之海洋中翻騰著的泡沫，而落花的嘆息，卻是縹緲在晴暉中的游絲。一個代表著春天來到，一個意味著春天的將去。

林婕，很久不曾接到你綠色的小箋了，你到何處尋春去了，再有幾日，春天又將化作灰塵，在輕風中漸漸消失了蹤跡，代之而來的，將是狂熱的夏季，——那一頭煩躁的小鹿。

趁著春天還在窗外徘徊，未曾以成堆的落花道出最後一聲「再見」，陪伴我走到林中去，尋找回憶中的春天吧，倘再遲延，春天就要在城市的灰塵中褪色了。

如果尋找來記憶中的春天，我就要設法將它留住，留在我的園中、窗外、階前。更要將它——

留在我的心中。

如此，即使在未來的歲月中淒寒的冬日來了，我也仍然保有一個春天，——一個冬天裡的春天。

貓

去年三月底，結婚未久的茂弟陪著他的新娘貞妹來了，那個溫婉的貞手中還提著一隻玲瓏的籃子，上面更蓋了一層布，她那甜美的面孔上浮漾著神祕的笑容，輕盈的走進門來，將籃子擺放在階前。然後，她像個魔術師似的，揭開籃上的絨布，現出了一隻小貓！

那是一隻棕灰色的小狸貓，大概因為旅途困頓，猶酣睡未醒。虧得貞想得周到，籃子裡還擺了一小盤食物，同一個亮晶晶的淺綠色塑膠小球兒，以免貓兒旅途寂寞。

貓兒睡醒了，在我們充滿愛意的注視下，張開了牠那雙眼睛，呵，兩泓小型的桃花潭水！多麼幽深，多麼清亮！牠轉動著這雙眼睛，身軀在觳觫著，怯怯的有點畏人。貞說牠還只是一個月大的乳嬰，今天趁老貓不注意時，他們悄悄的將牠帶了來，送給我的孩子們。

我問著：「牠的母親會不會想念牠呢？」

「當然最初幾天會想的，也許慢慢的就忘下了。」

我望著這個乍離母懷的幼兒，想像著牠母親的心情，老貓當真會忘得下嗎？一念及此，不覺對這隻小動物生出無限的憐愛。我遂轉過臉來囑咐身邊的孩子們：

「對小貓要好一點啊，牠才生下一個月就被抱來了。」

兩個孩子笑了，彼此在調侃著：

「如果你從小就被抱走了，現在不知道會變成什麼樣子呢。」

「如果你被人家抱走了，一定還不如這小貓乖呢。」小哥兒倆又說又笑的一個將小貓抱了起來，一個跟在後面，一齊到陽光朗照的後院去了。

小貓在陽光滿地的院中跑著，撥著微風吹動的嫩葉，揪弄著新生的文竹，忽而又一遍遍的跑著半環形的路，追逐著自己顫巍巍的小尾巴，樣子非常逗人。

一天天的過去，貓兒漸漸的長大，它的舉動不再那麼稚氣了。叫起來細聲細氣，走起來斯斯文文，怪不得美國詩人桑德堡說那輕輕軟軟的霧是附在小貓的足上呢。

到了秋天，這隻年輕而漂亮的貓兒，也做了母親了。

它生下了四隻小貓，兩隻棕灰的，和牠自己一樣，還有兩隻是淺黃的，皮毛美麗光澤，使人聯想到中秋月色。四隻貓兒像小白薯似的「煨」在母親溫暖的懷裡，做母親的舐舐這隻，舐舐那隻，小貓撒嬌的咪唔著，半閉著仍有點怕見光的小眼睛，沉酣在母愛裡。

那隻盛裝脫脂奶粉的厚紙盒子，就權充了它們臨時的宅第，陽光好的時候，做母親的就帶著幼兒，全體在院中做遊戲，頑皮的小貓動作並不靈敏，常常歪倒在地上爬不起來，伸足搖頭，行動宛如卡通中畫的鳥獸般不自然，因為如此，看來就格外有趣。

當我坐在窗前看它們遊戲時，院門常常被附近小女孩推開了，辮髮蓬鬆的小頭從門縫探伸進來，嬌聲嬌氣的喊著：

「阿姨，我要貓咪！」

「進來吧！」

「好怕喲！」小女孩又故意的說著，做了個鬼臉。

更有些光葫蘆頭的小男孩闖進來，直截了當的說：

「阿姨，給我一隻抱回家去吧。」

「等牠們長大一些再給你們吧，牠們還吃母貓的奶呢。」我的孩子們在代我回答著，我知道他們心裡委實捨不得送人。

貓兒給我們的生活增加了無限的情趣，有些文友們看到我養的這一群貓，往往打趣說：

「好忙的主婦啊，要照顧七八口呢。」

一天早上，窗外曉霧迷濛，我聽到母貓在門邊嗚叫，聲音異常淒厲。我走去打開了牠們的紙盒，見裡面只有兩隻棕灰色的小貓了，那兩隻最圓胖可愛的黃色的不見了。前院後院，籬邊樹下……甚至水溝裡都看了，仍不見那兩隻。

一上午，母貓聲聲的哀鳴著，一聲比一聲淒苦，牠不食不飲，走出走進，憂急而惶亂，這個尋子的慈母焦灼的模樣，簡直令人心碎。孩子們把剩下來的兩隻小貓抱來要牠餵乳時，牠再也不似平時那般歡樂了，只勉勉強強的餵了一會兒，就又匆匆忙忙的走了——牠仍要繼續去尋覓。

直到下午牠才回來，模樣顯得疲憊而憔悴，一味的繞室哀鳴，我家那個洗衣婦看了很感動，也幫著尋找，跑遍了附近街巷，哪裡有兩個毛團團的淺黃色的小身影。

兩個孩子也一個勁兒的搓手頓足：

「一定是被哪個小淘氣拖走了關在家裡了。」

晚上我去燒茶，順便去探看一下貓兒的居所，仍只是那兩隻棕灰的在，小小的身子踡縮成一個團兒，牠們的母親大概又是出去尋找失落的愛兒了，院門關著，牠想是自籬牆縫裡鑽出去的，我望著窗外眨眼的星星，聽著我那兩個孩子的鼾聲，不禁想起了那本書《慈母心》的內容。

第二日天剛破曉，我聽到母貓在廚房門外號叫，我嘆息了一聲：

「這麼早，大概是餓了！」

我睡意猶濃，實在不想起來，但牠一聲聲叫個不停，使我無法再安睡。

「什麼事呢，可憐的母貓！」我一壁喃喃自語著，一壁走去打開了甬道那邊的廚房門——那是母貓每日進出的門戶。……啊，我不禁驚呼，母貓翹伸著前爪，扒在廚房門階上，還有那兩隻失蹤了一日夜的小黃貓，也笨拙的伸著那短小而齷齪的前爪，扒在青灰的石階上，這個母親，到底尋回了兩個不歸的「浪子」！

「咪唔！」三隻貓兒歡樂的一躍而進，母貓慈愛的以口噙住那失而復得的愛兒的後頸，一個一個把它們啣進那個紙盒做的家！

我揉揉眼睛，睡意全無，眼前這景象使我怔住了，我簡直可以說是懷著「敬意」望著那個小動物——母貓，牠連夜在黑暗之中，不知穿越了多少條街巷，逡巡於多少家門前，它觀望著，諦聽著，聞嗅著，希望發現了愛子的身影、聲音以及氣息，受盡了千辛萬苦，終於探覓到失去的幼兒的蹤跡！而尋到了之後，不知牠又如何在夜晚穿過了人家緊閉的門窗，將兩隻才學走路的小貓兒帶了回來！由牠凌亂的茸毛及小貓滿身的灰土看來，可以知道牠們的歸來歷盡艱險，可惜貓兒不會說話，否則這將是一篇多麼曲折感人的愛的故事啊！

我已不想再睡，就到廚房去預備早餐，然後，回到房裡，俯身在孩子們的耳邊說：

「起來，起來，去看啊！」

他們睜睜惺忪的眼睛醒來了：

「去看什麼？」

「看什麼？」

「……去看……那貓！」我幾乎要說：「去看那個好母親！」

雨夜

落雨的夜。

躲在屋簷下的黑貓，跳上了窗檻。

燈影在到處窺探著，人影在雨中躲躲閃閃，深色的傘、花色的傘下面，是一張張神色倉皇的面孔，心靈是一隻疲倦的鳥雀，急欲回到它自己樹上的巢，以為那細嫩的枝柯上，片片的綠葉下面有著絕對的安全。

積潦在馬路上延展著，一個個新形成的湖泊在漸漸的擴大，湖的邊岸上，無數的足音在起落著，車輪在滾轉著。湖水上照映出家具店、五金行、計程車行的招牌；湖水上，有點點的流星在經過著——車子前的黃色的燈、車後的紅色燈……，彙成了五彩繽紛的光波，在起縐的湖上

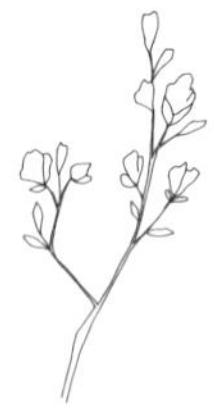

閃過。

雨腳以極快速的拍子在跳著，將夜的寂靜敲成細碎，將窗內人的心也敲得細碎。

檯燈亮了，淡黃有如初升的月亮。

「人怎麼還不回來呢？」窗內人自己縱橫的在心上畫著問號。

窗前的高麗草濡濕了黃昏又濡濕了夜，小徑發著青銅的光亮，灰色的鳥兒不曾回來，老樹寂寞的發出嘆息。

一個沒帶傘的行路人，站在門邊略避雨的尖利、冰冷、刺人的鋒鏑，望著顫抖的路燈光芒，默思著他今天因雨而遲誤了的一個約會。他的目光逡巡著：郵政支局的門緊閉著，外面，是兀自默立的郵筒，發著黃綠色的光，（像是一枚吳爾芙夫人筆下的蘋果。）他默默的嘆息著：

遲了，遲了，遲了！

時光的列車在雨中照樣開出去，沿著神祕的軌道，駛向不可知的終點。

雨在落著，落著，城市在半睡半醒的狀態中，疲憊的街道擁著洗得發白的塵沙在低泣，它在思念那陽光朗麗的白色的晝午，賣花人推著一車春天走過去。

雨落得更大了，天地間被洗滌得失去了一切的顏色，只有夜的顏色無法洗掉，因為太深了。

夜深了，窗前的燈光猶未熄滅，窗內人的眼睛仍然在開闔著，她在等待，等待對面椅子前那雙藍緞面拖鞋的主人。

門邊避雨的人不知什麼時候已經離去了，他留下了一小塊沒被雨打濕的水泥地，上面有一張自他口袋中掉出的電影票根，還有一枚咖啡色的鈕扣，幾分鐘以後，雨將那藍色的票根揉得捲縮起來，咖啡色的鈕扣發著光，它的旁邊有幾枚小卵石，以白眼瞟著這個新來者。

街上積水更深，幾個赴宴歸來的人擠坐在一輛桃色的計程車裡，車輪過處，水花激濺起來，一大片泥漿沾上了夜校放學的女孩的黑裙子，女孩站了下來，帶著要哭的神情，撕下了一張數學練習簿上的白紙。

窗內的人焦灼的走出屋子，打開大門。門前寂靜，正好沒有一輛車子駛過，她只看到了那個站在雨裡俯身拭著青裙上泥漿的女孩子。這情景使她瞿然一怔。

她想起了十年前一個山城裡落雨的日子。她著一件白綢的衣服，和一個人攙挽著自小教堂裡走出來，他們未曾預備車子，為了要再做一次愛情的散步。突然一陣雨來了，雨沾濕了她的頭髮，她的白綢衣裳上，也沾了一些泥點。他們回到他們那間才裱糊過的小屋子，燃起了那紅泥的炭爐……

她又回到了屋子，風起了，雨聲忽急忽緩。黑貓自窗檻上直起身子，打了一個舒伸。夜在窗外的世界裡舒伸著，她打了一個寒噤，已經是春天了，還是這麼冷，這麼冷，是由於窗外的風雨嗎？

濕了青裙的小女孩在雨中走著，走著，一個騎著單車的人吹著口哨自她的身邊疾馳而過，手中的傘上的雨滴，濺上了小女孩的面頰。

點心店已上了門板打烊了，還有電器行。只有一家美容院的燈光還亮著，紅藍的燈柱在門口旋轉著，旋轉著，過早掛出來的招牌「本院冷氣開放」，被雨水澆得濕淋淋的。

曾在人家門前避雨的人已經到了他寄住的宿舍中，同室的人都還沒有回來，大概是被雨阻住了。他搓搓手，不及拭乾了他那濕漉漉的頭髮，就拉開抽屜，拿出了一本箋紙，匆匆忙忙的寫了下去：

「今天因為落雨，我趕路慢了些，到了植物園的池畔你已經走了。……」

他偏過臉來，看了看屋外，又接著寫了下去：

「一切都是由於這惱人的雨……。」

……

雨仍然未停，並不理會它是否惱人。

……

窗內的人在點燃她的那隻小炭爐，也點燃了她的記憶。

她在小炭爐上燒了一壺水，沖了一杯熱茶，她太冷了，身心都在打抖。她捧著熱熱的杯子，望著牆上那張發黃的照片。照片中的她持了一把傘——是一把陽傘，傘下面，是少女頰邊高傲的微笑。

一切都在風雨中變了樣子，只有紙上的微笑沒有變，仍然那麼高傲，雖然帶著一點寂寞的意味。

屋子被撼動著，門窗被敲擊著，風雨中的世界充滿了音響，沉默無聲的只有那照片中微笑的少女，和廊前的電鈴。

……

滿身泥漿，讀夜校的女孩回到家裡，甩掉了她那沉重的書包，換上她那柔軟的睡袍，她本來是愛雨的，尤其愛落雨的夜晚，那細碎的低語般的雨聲使她喜歡，剛才雨中的小小煩惱她早已忘懷了。她轉身捻亮了檯燈，攤開撕掉了一頁的練習簿，向著對面的圓鏡微微的一笑，那微笑我們已經在哪兒看見過了。

雨仍然在落著，落著，全不理會人間的一切。

四月裡一個落雨的夜晚

月圓

——為砂勝越旅臺同學會會刊寫

「月圓，你憂鬱的孩子拉開了窗幔，聽我低聲的為你祝福。」

明月的清光，瀉滿了一地，像是才落過一陣銀色的雨，多少年前一個朋友的語句，又在她的耳邊縈迴了，是月光將它加以重述嗎？還是那陣微涼的風將它攜帶來的？她欲追詢，但得不到回答。

今夜的月亮，真像詩人朗弗羅筆下的紙鳶，蒼白而無力，冉冉的上升於天際，中途似乎被竹籬上的藤蔓掛住了，但片刻之後，終於掙扎著爬上了中天，在那裡徘徊著，轉動著，宛如一枚神祕的水晶球，又似一大滴眼淚，匯聚了亙古以來詩人們的哀愁。

「月圓，你憂鬱的孩子拉開了窗幔，聽我低聲的為你祝福。」

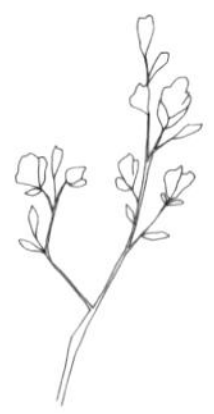

空氣中，似乎浮漾著一陣斷續的碎語，如同素馨花的芳香，清芬中有著一絲若有若無的澀苦。

二十年已經過去了，明月依舊，那祝福的語句依舊，而那祝禱的人呢？那被祝福的人呢？

月光像水，在無聲的向前滑流著，滑流著。也像水一樣，將一切都攜帶走了，只留下一個看月的人，呆呆的立在那裡，為記憶所充滿，為記憶而輕喟，為回憶而微笑。

她迷茫中伸出了手，想去拉開那記憶中的窗幔。

只是一片空靜，嵌著一片明月，整個微茫的天空是一方窗子，夜色的窗幔是她無法拉起來的。

在樹梢間，在牆陰裡，她尋求著那一陣低低的禱語。

寂靜，無邊的寂靜，

只有她的心中對二十年前的禱語發出了回聲。

她覺得很快樂，又覺得很憂愁，她似乎一無所有，又似擁有了一切。

不是嗎?這月夜，這窗前只有她一個人小立，而明月的光盈滿了她的懷抱。她覺得自己像是抱了一大把百合花，每一朵花心，吐發著一句祝福。

她真想跪下來，向了天空，微雲，明月。感謝這月夜為她帶來的舊日的祝福，雖然她已非往昔的她，而明月依舊，祝語依舊，她月下的影子也依舊。

她凝眸天際，月光流上了她的頭髮，她的鬢邊，她突然感到一陣香息，百合花的落瓣繽紛的落下來，回憶，帶著那麼鮮明的色調也繽紛的落下來，落在她的頭上，她的頰上，她的心上，她張大手臂，迎接這一陣芳香的……

當她張開眼睛，月已偏斜，世界變得更為澄明，她想起了一篇文章中的話：「月光下的世界，像是一個哲人。」

在月光中，她捧著過去的書卷，細讀著上面的記載，在那書頁中，落出了一朵乾縮了的百合花，花片上，似是閃爍著昨日的月光。

春

林婕，春天又來了，有人嫌它來得太早，也有人怨它來得太遲，我呢，我是整個的將它遺忘了，院前一朵杜鵑才使我想到春天又來了，並且來到我的窗前。

今天早晨，我曾走過附近那一道小河，有一個異國的老人，著了件灰色衫子自河邊經過，銀髮上閃爍著晨曦，一雙灰綠色的眼睛中，卻似有著霏霏的故國煙雨。他是我昔日在故都讀書時的教授，他的手中捏著一根綠色的柳條，他大概想自這嫩枝中尋找到故國的春天吧。春天是歡悅的日子，也是回憶的季節啊，自他的眼睛中，可以讀到濃重的鄉愁。我與他寒暄了兩句，然後頷首作別了。

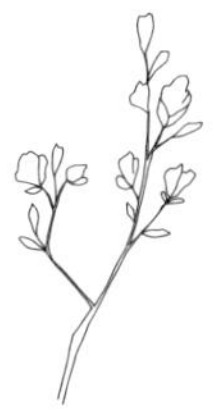

子。

我看到他施施然走遠了，升得更高的太陽為他描出了一個長長的影

他越走越遠了，他那灰色的影子卻漸漸的擴大，濃重的鄉愁，瀰漫

我的心臆。

河畔的杜鵑花——白色、輕紅、淡紫，一叢叢的在怒放，我想到了

山城的春天，也想到了古城的二月。

周遭是寂靜的，這都市還未曾完全醒來，偶爾在河畔有幾個行人走

過。那灰色的影子仍在延展著，延展到道側、河旁，在那一片暗影中，

我聽到了淒淒的鳴聲，那是古城二月的杜鵑嗎：——

等是有家歸未得，

杜鵑休向耳邊啼。

一陣微風自枝頭掠過，在這個季節裡沒有如雪的落花，只有如雪的

回憶，一件件的往事，像繽紛的雪花，轉瞬間鋪滿了心上。我看到那去遠了故鄉的春天。

想想，在我的生命中失去了多少個春天了？失去了的春天，如同褪了顏色的春衫。逝去的春天藏放在記憶中，褪色的春衫，疊置在箱篋裡。

每當春天來到窗外時，我看到的不是它，而是那些失去的春天，以及我自己失落的一些影子。

有回憶的人即不算貧乏，我常以此自慰。偶爾空閒的時候，我即撥動著那一堆殘燼，尋求那曾一度閃亮的火星，在那乍明乍滅的火光中，我又看到了那些春天的日子，伴著窗外杜鵑的啼聲。

可堪孤館閉春寒，
杜鵑聲裡斜陽暮。

在那一聲的啼喚裡，我看到夕陽的光轉過牆角，我瞿然：

又過去了一日了，我又失去了一個春天的日子！

我遂拿起了筆，展開了紙，希望在紙上留住它。

水松

我喜歡綠色，我愛一片蔥菁的樹林，我尤愛生長在湖邊溪畔的水松。

以前卜居中部時，距我住處不遠的地方，有一片水，水邊是幾棟鄉民的小屋，屋子的後面，則是一排挺直而秀美的水松。

水松我從前在北方的故鄉從未曾見過，只是在格瑞的詩句裡讀到過，大概在英國這是一種常見的樹木，村中水畔，到處有它亭高的身影。

水松的葉子極其纖細而叢密，樹身尤其亭高，遠遠望去，如同一片朦朧淡霧，籠罩在枝柯之上，瘦稜稜的樹身，遠看更像一位行吟澤畔的詩人，在覓尋著他的佳句。

我讀書倦了，常常到那生長著水松的溪邊去徘徊，看看水，看看雲，

再看看水上的樹影人影，覺得心中澄澈了許多。

在我將離開中部那小城的前些天，我去水松樹下徘徊的時候更多了一些。

十五年來，水松樹亭高的影子，一直點綴著我夢中的景色。

當我憂悶的時候，那碧綠的火焰又重新燃燒起我的希望，當我寂寞的時候，倚著樹身默坐頃刻，我似即感到生活有了憑依，聽微風吹過水松的枝梢，如同一個樂師在奏著它奇妙的雙簧管，那動人的清韻，立即將我引到一個美妙的境界。多少次，當我在窗前獨坐百無聊賴的時候，一想到水邊那幾棵水松，立即感到一陣喜悅，在大自然中，我到底尋到了能夠慰心的伴侶了。

在我離開中部的前夕，正是一個塵沙飛揚的大風天，我抽了幾十分鐘的時間，來向我溪邊的友人告別。

水松顯得憔悴瘦損了一些，漫天的風沙，使它的青青的顏色變為黯淡，是為了多風沙的緣故嗎，也許是為了這即將到來的別離吧。

世界上美麗的東西很多，我只喜歡那無言的水松，為了它的溫文，為了它的沉默，更為了它那沒有繁花點綴的寂寞生涯！同時，它不是也已給了我很多的快樂，在有意無意之間，在風裡它發出細碎的低語，在雨中它發出了琤琤的清音，在朝暾夕陽裡，它閃現出一絲笑意，而在那離別的前夕，佇立於水湄，我發現它顯出了幾分可憐的顏色，我低聲向它說：

「再見了，美麗的水松，我永不能忘記在你的清蔭下度過的一些快樂的時光！」

「再見了，可愛的水松，我在別後的歲月裡，將常常憶念起你昂揚的神情，瀟灑的姿態，以及你的枝葉因風起舞時的那份輕盈。」

我說著，然後低下頭來，在樹下檢拾了一些松針，以及一些芳香的松菓，這將永遠置諸我的案頭，稍慰我的離思。

遷來北部已將近二旬了，中部那座恬靜的小城時時引我懷念，尤其是那一灣清淺的流水，那水畔的人家，還有那散佈了滿地的清蔭的纖秀亭高的水松！

我在星月的光輝裡，似看到它的微笑。

在清風裡，似看到它的有著律動的搖曳。

在霧靄裡，我似看到了那綠色的淡淡的煙霧，瀰漫於四周，瀰漫於我的心中。

時常出現在詩句中的秀美的水松，你獲得了我的愛心，對你我有無限的憶念。但是，提起筆來，我卻發現，描寫你是如此的困難，選盡了字句，依然不能表現出你的動人之處，那麼，就讓我自那水邊將你移植於夢中的道路之上吧。

文竹

文竹，纖秀而細弱，遠望像綠色的霧，輕輕的散播在晨風裡。

我愛這一片綠影，我將它自窗外階前移置於我的心中。

當一切似乎皆消失了的時候，這翳翳的綠影，卻變得更為顯明了。

在惘然自失，對人生似乎把握不住什麼的時候，這一片綠影卻在我的心間、眼前擴展，終於將我包裹於其中。

那一片綠色引起我的幻想，我想起一切屬於春天的東西。清晨微綠的一片雲，樹上才扯起的一面面綠色的小旗子，以及草葉上一點點綠色的淚珠，混合著淺愁與輕笑的，甜蜜的淚珠。

有時，我的思想，如奔騰的騏驥，在那片綠色的軟霧中馳過，看到

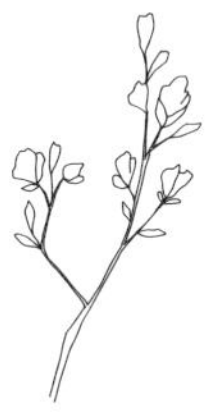

那漸漸去遠了的藍色的影像，看到那漸漸走近了的灰色的影像，那藍色代表晨光嗎，那灰色代表暮色嗎，即使是暮色，也是多麼可愛的暮色啊，我迎著它走去，我願歇息於它的溫熱的懷抱裡，我看到星星，那溫柔的眼睛；我看到月亮，是的，上弦月，——那微微弓起來的含笑的口唇，淡紅色的，初夏五月的一彎上弦月；還有，那似拂到我耳邊的帶著芳馥的長髮，——那若有若無的夜空上的雲。我的心靈發出了呼喚，暮色，讓我歇息於你的天鵝絨毯上吧，我倦了，我的翅翼已將折斷，我的聲音已經嘶啞，我的雙足已經無力，我的燈又在哪裡呢？……我像是睡著了，在那一片靜謐的綠色的包圍中，我醒來，綠色的文竹輕輕的播散著淡霧，溫柔的霧，秦觀的詞句中所歌詠的一片微茫，桑德堡筆下所鋪展的一片輕柔……。

文竹，如同一隻鸚鵡，披著一身翠羽，在睡眼惺忪的晨光中醒來，與我互相凝視，我才意識到我也在文竹鋪展的一片綠色氤氳中微睡過片刻。夢中灰色的影像仍然似在我眼前晃動，那是一片逝去的暮色嗎？抑或是黎明時的晨光？我又聽到了它的腳步，它在漸漸的向我走近，走近，終於，我再度消溶於它的微笑之中。

一盆小小的文竹，搖曳於階前晨風之中，它給了我的快樂是如是之多，如是之多……。

一個寂寞的靈魂，一盆茂盛的文竹，在相對相望之中，一個綠色的夢在氤氳著，纖細的枝葉上，有著綠色的微雲在縹緲，如一縷篆煙……。

風鈴

掛在屋角的風鈴不停的響著，那聲音像是一個女孩子清脆的笑聲，你在笑什麼呢？天真的傻孩子？

叮玲，叮玲……。

風穿過了紗窗，不停的搖著那愛笑的風鈴。

風鈴在風中動轉著，銅片的薄葉上，有斜陽的光輝在閃耀著，幾根細小的銅柱，在風中轉旋之際，發出了玲玲的清韻。

這風鈴是一個女孩子為我掛在屋角的，從那時刻起，我這靜如深山古剎的屋子，也有那輕快的樂音點綴了。

那女孩子是學音樂的，總喜歡穿一件素色的衣服，她很會說話，也

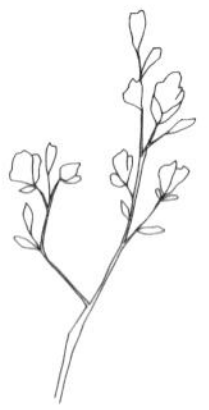

更愛笑，語音同笑聲皆能配合她指間的琴聲，她愛好宇宙間一切諧和的樂音，也能欣賞它們。

「沒有聲音的世界，沒有音樂的心靈是多麼寂寞啊！」她常常這樣說，說這樣的話的時候，她那燃燒著對於音樂的熱情的雙眸，閃閃發光。她的目光一會兒流閃過我的滿架無言的舊書，一會兒又流閃過我窗外的草坪，然後，又流閃過我的臉上。在她的眼睛裡我讀到這樣的句子：

「你這屋子裡需要點聲音點綴，你的生活需要點音樂來滋潤。」

就在那麼一個淺黃色的傍晚，她笑嘻嘻的拿了這個風鈴來，將它懸掛在挨近窗子的一角：

「當風來的時候，它就將在你的屋子裡奏起美妙的音樂了。」說完她就走了，屋外仍傳來她那輕快的笑聲，有如琴音悠揚在水上。

玲玲，

玲玲……。

當我獨坐小屋，百無聊賴的時候，我常常會聽到那清脆的鈴聲，我知道外面又起了風，——那個流浪的樂師的指尖，又在撫弄這個屋角上的小小風鈴了。

那聲音引起我許多聯想，許多想像，以及更多的回憶與憧憬。

音樂，神祕的音樂，只因為有了它，世界上才增加了一點諧和的氣氛。音樂之泉，汩汩的流著，它宛如印度詩哲泰戈爾所說：「自人生的缺陷處流溢出來，」但也是它，彌補了人生的缺陷。當音樂的泉源流過時，至少會使我們的心靈感到沉酣，精神得到滿足。它使喜樂者更為喜樂，而對於置身於逆境中的人，不啻一劑心靈的止痛藥。它使你升騰，使你超脫，使你憶起，使你忘卻，使你再度懷著夢想，燃起希望。如果你的生活是失去了顏色的草原，音樂的春雨，會使它變得更綠。

叮玲，叮玲。

風鈴又在響了，伴奏著那個女孩子的笑聲。

感謝你，可愛的女孩子，是因為你將自己的笑聲也譜了進來，才使那音樂顯得如此的優美嗎？

我不相信那簡單的小風鈴，會搖出這麼動聽的清音，一定是你將自己的心聲譜在裡面了吧？告訴我，女孩子。

海棠樹

每次靜坐窗前，望著那一地的樹影，總會不期然而然的想起了在古城讀書時宿舍窗外那一株海棠。

那是一株古老的海棠樹，它的年齡可能與它置身其中的舊王府相同。它的身邊還侍立著幾株白菓和核桃樹，這些樹比較矮小，枝葉也比較疏稀，襯托得高出血樹的海棠樹更有一種女王般的高貴丰姿。

那座王府是遜清時代的建築，後來才改建成我們的宿舍，海棠樹佇立於那碧瓦朱欄的古老華廈之中，經歷了多少風風雨雨，看過了多少悲歡離合，終於，它的濃蔭之下，成了許多女孩子們的憩遊之地，它的花與葉，皆成了她們生活背景中最美妙的點綴。在一篇懷念舊日的文章中，

我曾經這樣寫過：

那是一株相當古老的海棠樹，正好植在我宿舍的窗前，它的枝椏伸展開來，蔭影幾乎遮覆了小半個庭院。看花的時候，你可以自任何一朵花或一堆花裡，看到大自然的得意笑容。樹頂倘流照上日光或月華時，就更燦爛得不可逼視，彷彿幾千枝蠟燭，都同時搖曳著神祕的光燄。一切的美都使人痴呆。

這句話正好用來形容當年那些凝望著繁花發怔的女孩子們。

在那株海棠樹下，我和同學們消度過不少的晨昏。讀書倦了，就把那些冊子扔在一邊，彼此告訴著一些有關這座古老建築的傳說，談到恐怖處，樹邊暗影裡，似傳來清宮妃嬪環珮的微響。樹下不遠的地方，是一口古井，很大，很深，雖經填了起來，但望去仍是黑黝黝的。我們看看那古井，又望望樹頂的華蓋，一些無知的心靈，竟充滿了幻想、快樂和疑懼，不知二者當中，何者象徵我們的過去，何者象徵我們的未來。

在那一段敘述裡，可以見出我對那棵海棠樹付出了多少感情！

春天到來，海棠得訊最早，默默的綴飾它的華冠，預備在春深時節，為春神加冕，而當海棠盛開的時候，我們一年一度的返校節日也來臨了。樓梯與長廊之間，終日足音不斷，許多的來賓和同學們，都願在那樹頂花繁葉密如一座小山的海棠樹下，留影紀念。

等到秋風一起，葉落如雨，海棠樹下，是一片淒清，沒有人再來樹下盤旋，偶爾收拾庭院的老校工，來到樹下，將那些萎黃的落葉掃了起來，用籮筐裝了，倒在附近的小河溝中，任它們順流而去。

海棠樹漸漸的被人們遺忘了，走過它的身邊的人，甚至難得望上它一眼，連過路的鳥雀都很少在樹梢停留，因為它只餘幾根杈椏的枯幹，更無茂密的枝葉來遮蔽風雪。

一年冬天管理宿室的姆姆，在海棠花樹邊命人裝設了一盞燈，燈的外面，更配了一個小小的木屋樣的燈傘，頗富新意，更使人感到一點鄉村的風味。有時，在冬夜更深之際，我常常站在這樹旁燈下，翻讀著我最心愛的李長吉的詩，冬夜的燈光、寒星、樹下的一些飄零的落葉，院牆外一兩聲更柝，似乎為我精確的解釋出了詩中深遠的意境，我更似在那詩頁上，聽到了花魂的嘆息。

我如今的居處附近沒有花樹，自然更沒有海棠，我常常將窗外那株不知名的古樹想像成當日窗前的海棠，當它簌簌落葉之際，我幻想那是一陣滋潤海棠的春雨落下來了；當白雲穿透過枝葉空隙的時候，我想像著那是一堆堆的繁花盛開了，樹是不解語的，但它在默默無言中，竟給予我無限的慰藉。

將來重返古城，我將先去看看舊日宿舍前那株海棠樹，希望它並未在風雨中仆倒！

小城・老屋

我曾經向一個朋友說：

「我好久不曾做夢了。」

不過，昨天我又似闖入夢的邊緣。

我似又看到了你，我的朋友——別來已久的小城！

我隔了那在夜色中泛著清光的車窗玻璃，看到了外面的路燈，一盞盞的向後移，迅疾有如流星，不多時，流星漸漸的更繁密，更撩亂了……，突然，流星呆定下來，在那夜的背景上，我看到一個指路牌，上面寫的是你——使我心跳的小城的名字！

我似乎攜帶著一隻煙色的小小行篋——你猜呢，那裡面裝的是煙一

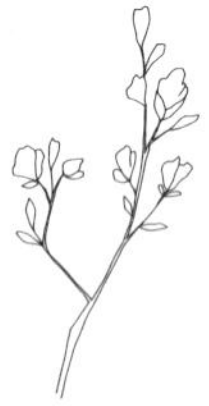

般的思念還是煙一般的離愁？走下了那搖搖欲墜的天橋，走出了剪票口，站外是一些支著篷子的三輪車，是寥寥可數的計程車，還有那壯麗的紅綿樹，也遙遙在望。

一條條疲憊的長街，在夜色中似乎沉沉思睡了，行人那麼稀少，足音聽來就格外清晰了。很多店鋪都上了門板，我突然又想起了誰的詩句：「將世界留給了我與夜。」

路口有一個餛飩挑子，掛了一盞風燈，燈光被重重的包裹在神祕的白色熱汽裡，成為夜色中一個奇美的點綴，小攤子的主人在洗著發亮的碗盤，夜色在洗滌著他的攤棚。

我隨意的走在這小城的土地上，自然而然的轉了個彎，走上了我最喜愛的那一道石橋，在暗夜裡，橋也顯得格外寂寞了，流水在橋下絮語著，岸邊的紫藤在為明日製造一個穠麗的春天，我則覺著那一叢叢深色花，正好代表離愁。

我又置身於那一道長巷中了，是由於路燈的指引呢，還是由於心靈的導引？我又看到了那竹子圍牆，那綠色的門，和探首窗外的芒果樹。牆內，是一片更深的靜，窗門似乎開敞著，那綠格子的窗幔仍似在窗玻璃後面飄著，飄著……。像是一陣飄忽的琴聲。

我不知怎麼一來就走進了那房子——那曾經儲存我十五年的快樂與憂愁的房子，這所可愛的老屋與我的生活是分不開的，它的每一方寸空間，都縈繞著我的回憶。我好像又回到了我那書桌的前面，坐在那把藤椅上，窗外一片翳翳的綠影，又將我引到過去的歲月。

曾經有多少個日子，我站在這小屋的窗前，目送著那一片片漸行漸遠的微雲，一個個漸行漸遠的朋友的身影，我的思念飄得更遠、更遠……。

我又曾經守候在這小屋的窗前，任時光消磨在等待裡。我常掩上書本，疊起稿紙，靜聽足音、車聲來自遠方。接著是一聲聲的笑，清脆的，高昂的；一朵朵的笑，綻開在那些微紅的頰邊，然後，一杯杯的熱茶捧上來了，裡面不是香片，不是龍井，而是更芳香的友情。生活中單調的節目更換了，由獨白變為對話，變為多少小人物的交談，言語裡有著智慧的金石聲，有著美的精靈在漫遊……。

友人們來了又去了，只有茶杯邊留下的口紅的印子，說明了她們曾經來過，玄關擺著散亂的拖鞋，巷底迴旋著清脆的足音同笑語的回聲。

屋子的主人又被留在那裡，貼立在窗口邊，默誦著波特萊爾筆下的，那流浪人眼中一片片漸行漸遠的白雲……。

我轉眼望著後廊，廊外，夜色正濃，番石榴在悄悄的成熟，芳香溢滿空際，我看到在籬縫中掙扎的那一株無名的小植物，葉子顯得那麼綠，如同一堆濃墨，可以蘸來寫詩吧？

風起了，園中呈現出一片蕭瑟，那些樹木花草都似在幽怨的低語：

「到底為了什麼，你突然離開了我們，記得你是一個最富於感情的人，一片落葉也曾得到你的愛撫，你到底為什麼竟然離開我們而去了呢？」

我沒有回答它們，詩僧蘇曼殊的一句話，湧現在我的心頭：

苑中花草，

均帶可憐顏色。

我愛過這一方小園，在這裡我曾踽踽的走著我的圓圈路，尋求生活的答案，畫著我夢中道路的軌跡。

在我心地輕快的時候，雲和風是我的伴侶，在我心情沉重的時候，我曾將精神上的負荷，完全抖落在樹下、籬間。有時候，我的鬱悶也被那些突然飛來的小黃蝶帶走了。我納罕：牠們那薄薄的小翅膀怎能攜帶那麼沉重的負荷，但牠們當真將牠帶走了，的的確確。

我站在那裡，茫然四顧，我又聽到了車聲，自遠而近，我恍如又看見了她，自車上走下來，帶著一臉淺紅色的笑，眸子裡有燭光在閃爍，鬢髮上，殘留著郊外的斜陽；我恍如又看見了她，自那綠門外走了進來，默默的，低著頭，花紗的頭巾上，有雨點在滴落著，然而，向著我伸出來的，是一隻多麼溫熱而又柔軟的手，這一隻手曾經寫了多少首動人的詩句，曾經拭乾了多少頰邊的淚痕；這一隻手，在我消極失望、無力欲仆的時候，給了我多少支持的力量……。她就住在這個小城裡，她的屋子和我的遙遙相望，為她，我曾經寫下了心靈的十四行。……然而，車聲不會再聽到了，我也不會再看到她鬢邊的斜陽，聽到她頭巾上抖落的雨點，聽到她指著我才出版的平凡的小書說：

「記住這一個日子吧！」

怎麼？我又似聽到了那車聲自遠而近……，不，那只是惱人的風雨。車子不會再來了，友人們也早已忘記了這一棟老屋，並且，她們怎會知道，就在今夕，我又如影子般回到了這舊日的屋簷下呢？

我獨立久久，四顧茫然，十五年，生命中閃爍著微光的一個階段，都消失在這間小屋，這個小城裡了，往事依稀，而渺然無痕。

我惘然自失，一腳跨出了那老屋的門檻，緩步踱出了那小城的城圈，也踱出了我的一夕歸夢。

醒來在枕上我悄然的說：

「再見，老屋！再見，小城！再見，我城中的好友們！再見，十五年的歲月！」

夏日小箋

寒暑表中的水銀柱升到攝氏三十七度上。

閃著金屬光輝的太陽下，是七月中旬的一個白色晝午。大地像是一片乾萎的白色茶花的落瓣，散發著滯人的濃郁香息，卻是懨懨的了無生氣。

我打開了向南的那兩扇窗子，透過來一片蟬聲，啊，這自故鄉棗樹上飄來的蟬聲！我想到那仲夏的庭院，同那綴著又青又小果實的棗樹，什麼時候吃到那新熟的棗子呢？

蟬聲聒噪成一片，此外再也聽不到其他的聲音了，搖著鈴子的賣冰小販也走遠了，擾攘的世界似乎在打瞌睡，面前，只有一杯變冷了的紅

茶在陪伴著我，色調很濃，瀲灩有光，使我想起了古埃及薔薇色玄武岩的雕刻。

我隨意的拿起了桌上的一本書，書下面現出一個厚紙的封套，不知什麼時候孩子們拿進來的，看看郵戳，已經是五天前寄來的了，我匆匆的打開，裡面是幾頁詩箋，是女詩人沉思自北部的一個鄉村裡寄來的。

箋上是一段段的散文詩：——

> 我在養魚的池子裡種上了睡蓮，當開第一朵花的時候，一個小孩子跑來了，他出神的凝望了好一會，然後嚷著說：「啊，睡蓮！」這三個字真是最好的讚美，充滿了驚喜與讚嘆。我隔著窗子聽到了，我默默的放下了筆，對池面上的那一片朝霞，我還能再想出更好的字眼來歌讚嗎？
>
> 晚上，我撚亮了燈，悄然的來到我的琴室，默想你靈魂的幽獨，樂思起伏如潮。我就那樣坐著，並未曾按撫琴鍵，幾個小時過去

了，我才站起身來，我覺得我已經彈奏過一曲了，比以往彈奏的任何曲調都出色。

琴聲使我悠然意遠，每一個節響，使我聯想到湖水拍岸，又宛如一首詩的斷句，在我的耳畔輕迴，使我的心靈沉醉。而窗外一聲舊友的呼喚，使我感覺到世界上還有一種聲音更為感人。

昨天在籬邊徘徊，我愛聽那溪水在霧靄裡的晚唱，一片落葉牽著暮色輕輕的降臨，我揀起了那片葉子寄給你，卻將那片暮色留給我自己。

我的小屋已用砌石修補好，每當天氣晴美憑窗而立時，看著遠處閃爍著落日的微光，我就會想到了你——你也在那一片微光裡，我輕輕的說一聲祝福！

雨後屋旁的甘蔗田是一片溫潤的綠色，凝望著這照眼的翡翠，我的靈感似伴隨著遠處的炊煙裊裊上升，去迎接那遲到了的月亮。

有時月亮猶豫在牆外，圓而黃，有如一枚才摘下來的檸檬。月光下，被炙曬了一天的大地在偃息著，還帶著那股溫暖的芳香，這就是住在鄉下的好處，人永遠可以和泥土保持更親密的關係，隨時感到它的呼息與溫度的變化，你來盤桓一些日子吧，我家籬牆上的月亮都等待著你。

窗前的月光流動，屋內的短燭搖曳，此刻我的心中固然有快樂，然而也有憂鬱，一如影與光的交織。我的手指又撫著白色的琴鍵，這柔和的聲音似道出了我心中的語言：願那停滯於中途的好夢，提前來到人們的生活中。那時候，我將不為人們的苦難而歌，而將為了人們的快樂而歌。

我愛井，為了它的幽深而沉默，我也愛夜，為了它沉默如井。而我也敬愛我心靈的姊姊，為了她沉默如夜，在沉默中，她在靜聽靈感振翅，而我，在遠處陪伴著她。

願你的靈思是板滯的生活縛不住的，奮飛你的創作之翼吧，飛得高一些，再高一些，如同雪萊詩中的雲遊鳥，我將終日仰望著藍空，等待著拾取它一片落羽。

我靜靜的看完了她這幾頁詩箋，似聽到她低聲的呼喚。我悄悄的向自己說：

「這是一個真正的生活於詩境裡的人。」自從她遷移到鄉間去以後，我們見面的機會少了，我也很少給她寫信，但是我相信時間與距離不會妨礙了我們的友誼。她是個愛寫詩的人，而我，是喜歡讀詩的，我們的友情存在於詩境裡，直到永遠。質之女詩人沉思，以為然否？

歌

我生平聽到過很多支歌，有一些是名家演唱的。它們的韻味與情調，確使我回憶起來猶覺得有無窮的美妙，不過最使我難忘的是一支短歌。

那還是我讀書的時候，一日，正是暑假開始後最炎熱的一天，我在上午十一點鐘的時候，拿著一本書，走向東交民巷附近那小小的花園。

那地方說是花園，未免太誇張了些，只是被綠樹圍繞起來的一片空地，中間栽植了一些花草，因為設計新穎，所以那一片綠色的天地給予人無限的美感，那砌花圃的磚石，那圈圍著菓子樹的短短白色木柵，都使人聯想起一些牧歌中的情景。古城中可供欣賞流連的地方很多，但我格外偏愛這方丈之地，為了它風格別具，且充滿了寧靜與安閒的氣氛。

我在那一株菓樹旁的長椅上坐了下來，抬起頭來凝視雲影與日光如何在枝葉間掠過去、漏下來，周遭靜靜的沒有一點聲息，連樹間鳴蟬也守著靜默，因為它們歌唱的時辰還沒有到來。我想平時這裡絕不會如此靜寂，也許因為那天適逢週一，且又在午前，所以這片綠園才歸我一人獨享了。

時近中午，松柏樹在暖陽下蒸發出更濃郁的香味來，極目望去，可以看到遠處的街道上有一輛輛的車子駛過去，在後面揚起了一片銀白色的灰塵。沒有車兒在這園前停下來，也沒有人進來，這裡完全像是一片暫時被遺忘了的地方。足邊的琉璃草正結著一個個小小的花苞，像是寫在曲譜上的藍色音符，不過還未經音樂家演奏，所以不曾發出聲音來吧了。

就在這時候，一個白色的小身影出現在園門邊了，漸漸的近了，近了，在我前邊那株落葉松邊停了下來，是一個小女孩，大約有四五歲的光景，她是一個人出來的，沒有保姆跟隨，也沒有任何其他的人陪伴，她好像是這園子的常客，一些樹木花草的小友，她伸出小小的手兒撫摸一下樹幹，又扯弄一下枝頭的葉子，忽然又蹲在一朵小花前喃喃幾句，然後又向草木上的蝸牛去打招呼了。我凝望著這個孩子，她在我的眼中似已變成了景物的一部分。半晌，她轉過頭來，也看到我了，望著我羞澀的一笑，充滿了純真與善意。我試著與她交談，但她對我的話似是茫然不解。我想盡了種種方法，向她打手勢，示意給她：會唱歌嗎？這活潑的孩子終於領悟了，她點點頭在那寂寞的園內展開了歌喉，唱的似是一支兒歌，她唱得很快，並且用的似是西班牙語言——那大概是她的祖國吧？我不能了解歌中的含義，但是，她那稚弱的聲音，有點不合拍子的唱法，使我感覺興趣。

唱完了一支歌，她本來還預備再唱下去，但園門外邊有個婦人在呼喚她。她向我招招手，飛快的跑走了。

我凝望著她隨著那個緋色衫子的婦人走遠了，我覺得園中花草的顏色也變為黯淡了。

多少年來，我再也未曾遇到過那個孩子，而即使看見，也不會相識了。我後悔不曾去探聽她的姓名地址，但是這樣也許更好一些。

人生充滿了這樣奇妙的遇合，一次邂逅後就再沒有下文了，但是，這一首人生的短詩不是比一部數十萬字的小說都更動人嗎？那個異國的小孩曾為我唱了一支歌。她用心的唱了，我也細心的聽了，這不就夠了嗎？

至今，每逢寂寥的時候，我的心中就會發出了那支歌的回聲，雖然我連它的意義也未曾全懂，但那又有什麼關係呢？

在生命的途程中，我願自己也以全部的心靈唱出一支歌，只要對憂苦寂寞的人有慰心的力量，一支歌就夠了，那個派遣我們前來的原只問我們唱得好不好，並不計較我們唱得多不多。

呼喚

我坐在屋子裡，手中拿了一本書，與其說我在讀這本書，勿寧說我的心靈是沿了那些字跡所鋪成的小徑，在作著悠閒的散步。在散步的時候，我聽到了小徑兩旁颯颯的風聲，近邊湖水的微語，我也似看到了大而圓的嫣紅日輪，在小徑的不遠處緩緩沉落……。

好久以來，我未曾享受到這種寧靜了，在一些繁雜瑣碎的日常細事裡，我終日的旋轉著，我有時真耽心自己，會為了一些柴米油鹽的微事而失落了我生命中那份寶貴的東西——那份對於詩對於美的愛好，而變得異常庸俗。因此，偶爾得到幾小時的空間——甚或幾分鐘，我都要手持心愛的一卷書，坐在廊前或燈下，去設法使自己找回在日常的庸俗生

活中，失去了的，或失去了幾分之幾的東西，我自己每天或每晚，總要為自己消耗這麼幾分鐘，或幾點鐘，在外表上看來，在這一段時間內，我似乎是異常懶散，實際上，我卻在做著自己認為最神聖的工作，——我在蕩滌我心中的塵垢，也許可以說我在做著為自己「招魂」的工作。

記得幼小的時候，每逢在外面受到了什麼驚嚇——看到了使幼小的心靈駭怕的事，——如遇到了附近居住的一個瘋婦，或看到了狂奔的馬群……母親總要牽著我的手，站在門邊，以那麼溫柔的聲音，呼喚著我的名字，每呼一聲，就要我答應一聲：

「回來了！」

她這樣一連呼喊我三次，我也答應三聲「回來了」，然後，她才又輕輕的撫摸著我的頭說：

「不要再駭怕了，跟著媽媽回到屋子裡來吧！」

後來我年事稍長，才明白母親之所以那樣做，是唯恐我因受了驚而致小小的靈魂逃出了軀殼，飄蕩在外面，未能回家，她呼喚我的名字，實在是為受驚了的孩子「招魂」，當我輕輕的答應著時，就表示我那漫遊的靈魂已經「回來了」。這雖跡近迷信，但實含有無限的愛在內。

我覺得這「招魂」的事，實在也是我們每天所不可缺少的，在這紛擾迷亂的生活中，每個人都有失落了自己的危險，雖然已無慈母守護在身邊，再為我「招魂」，但我自己不也是仍然可以那樣做嗎？

有時，我默默的呼喚著我自己，我常常想到了那個似乎已經去遠了的影子——她並沒有什麼可讚美之處，但是坦爽、誠實，對於單純樸實的生活，對於詩與真，永遠有著嚮往，對於虛偽、虛飾，永遠懷有一份厭棄。但是她並不是聖人，更非至人，有時，在思想上也許偶爾離開了她的筆直的路子，而對於繁華，對於安逸的生活懷有憧憬，雖然她並未曾有一步離開自己的軌道，而奔向功利虛幻，但我想每天輕輕的低喚著她的名字，引起了兒時在慈母身邊的回憶，而不要任著幻想的指引去漫遊，實在也是必要的。

有時在夕陽下，有時在燈前，我含著淚也含著笑向「自己」呼召，數聲之後，我彷彿又看到了那個毫無可讚之處，但是誠實、純樸、愛詩、愛真的影子，又在向自己「報到」了：

「我回來了！」

「我回來了！」

「我回來了！」

在那一剎那，我似又回到了兒時的巷陌，看到了故居的門扉，看到了夕暮的微光中慈母的容顏，以及自己當年那個矮小的身影。那時的我，幼稚、無知，但是純樸、誠實，不知道愛慕詩與真，但本身也許就是詩與真。

我希望在每天的「輕喚」裡，找回了我失落的，那是上天給我的最珍貴的贈予。

我愛雲

我又看到了那一片暗雲，那一片灰色的雲。

它懸掛在我的窗外，迫近我的眉睫。

雲，波特萊爾筆下那一個流浪者眼中的雲，是多麼的縹緲，輕盈，來去自如……

是的，我愛那一片雲，那一片飄去的雲……。

一片暗雲，一片黑色的雲，在暮春時節，杜鵑花凋殘，杜鵑鳥聲歇的時候，如同一股詩人的幽思，飄掠過我的窗外，我禁不住想：

你是來迎歸春天的小船嗎？

如果是的，

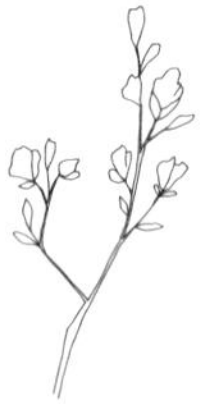

我也願將心中的傷春情緒，放在你的船頭。

雲默默的停留在窗外，那美麗的灰色的影子，正好說明了一個失去了春天的季節。

灰色的影子逐漸擴大，瀰漫了窗外，也延展於室內，那溫柔的色調，正如心頭一股淡淡的惆悵，卻混合著對黎明的期待，與對薄暮的依戀。是的，淡淡的惆悵，淡得如水，淡得如上弦月的一片微茫，淡得如秋天夕暮的日影，淡得不可比擬，不可書寫，不可言說，然而這情緒卻是真真實實的存在，存在於我的心中，以及宇宙的心中。

灰色的雲，來自何處，去向何方，無人知曉，只是如同一股思想似的，驀的浮上心頭，飄向窗外，為生活的畫面上，加了那麼一筆。

那一抹雲影，卻在我的心上留下了永不能消失的痕跡，縱使它飄得很遠，縱使它溶入夜色，它在我心上的影象卻永不消失。

不過，窗外那片雲確實是飄去了，攜帶著大地上的春天，它在這裡，只做一短暫的停留，便和春天一起走了，走了，即使大地上仍有花朵點綴，然而，消失了的是春天，是心理上的春天。

我常常佇立窗前，望著那片雲飄去的方向，做著徒然的呼喚，做著無望的期待。

沒有雲影點綴的窗外，

沒有春天的季節，

沒有夢的生活，該是多麼寂寞啊。

有時候，一陣風來了，我常常向它訊問雲的消息。也許，雲真的如同一隻小舟，一艘小巧的遊艇，被一個多幻想的冒險家所駕駛著，到處飄泊，處處流連，所以，在每一個地點，從不作較長的停駐，而是有去無歸的匆忙的過客。

不過，在它短暫的停留裡，已給這世界增加了無限的詩意，給窗外憑添了無限的美感。

誰能想像一個沒有雲影的世界，沒有變化的生活，沒有影翳的心靈是什麼樣子的呢？

我愛那片雲，
那片飄去的雲。

當一片微雲飄捲而過時，在平靜的天空，激起了一片微瀾，而光影的變化，也使得階前失去了一向的單調，豈止是：「風移影動，珊珊可愛」呢。

沒有回聲的音樂，
沒有影子的水面，誰能承認那是美的呢？
誰又能想像沒有雲的世界，沒有悲哀與歡喜，回憶與思念的心靈呢？

楓葉

秋天了，我坐在窗前看著一片發黃的葉子飄落了下來，好像是秋天發出來的一張請柬。

我走到院子，將這張別緻的請柬拾了起來，不知道為什麼，我微笑了：

「謝謝你，可愛的秋天，也許我是收到你這請帖的第一個人吧？」

我捏著那一張葉子，那是一片蒲桑的葉子，有著尖尖的鋸齒，脈絡清晰的浮現於那病黃的葉片上，我觀覽著它，感到一股沁涼，一縷秋意襲進了我的心頭。

我仰起臉，天上是一片銀藍，一朵雲彩在無可奈何的向前飄捲著，

這塊天空，這朵雲，這涼爽的天氣，多麼像古城，我想起了古城的秋天。

古城的秋光，是多麼的明淨可愛，我記得在秋天來到時，我常常拿著一本詩集，隨意的沿著護城河向前走去。倦了，我就找一塊乾淨的石頭，或一片清蔭，面對著沉默的古牆讀一首或幾句詩，然後，再收拾起鋪在地上擺放書卷的手帕，隨手在地上撿兩片落葉，再向前挪移幾步，換一個角度來看水上的秋色。

古城的秋天，顯得多麼的沉靜，多麼的憂鬱，越變越淺淡的下午的日影，夢一般的覆罩在護城河的淺水上，幾朵睡蓮，懶洋洋的開了，它們似乎忘記了季節，才開得這麼遲，然而，多賴這遲開的花朵，點綴這寂寞的河水。秋日的午後，河邊的遊人稀疏，只偶爾有幾個騎單車的，迅速馳過，清脆的鈴音，似在水面震顫，風來，河岸上的水蓼葉子一陣瑟縮，夕陽漸漸的下沉，土紅色的城牆變得顏色更深暗了。

就在水邊徘徊著，常常會碰到才遊西山歸來的同學，手中拿了一把紅葉，映照著面頰，也顯得紅撲撲的。

「啊，好美的紅葉啊。」我向她們笑著。

她們常常慷慨的遞過一枝來：

「分給你一枝吧，誰叫你懶得出城呢。」

葉子的邊緣並不是尖銳的星芒狀，卻只是一些微圓的鈍角，我把玩了許久，向她們問著：

「這不是楓葉吧？」

「管它是不是楓葉，我只問你顏色好不好看？」

那顏色像是天半一片晚霞，葉子中心與邊緣，有著不同的深淺濃淡。

我捏弄著一片葉子讚美著：

「當然美，美而不豔，這就是大自然的作品與人工的製品不一樣的地方。」

「嘿，你覺著可愛就留下這一枝吧，實話告訴你，我們去晚了，遍山的楓葉都被人家攀走了，我們只好在一個農家的後院，摘了這幾枝柿子葉回來！」她們說著笑了起來，然後，拿著她們那些緋色的楓葉贗品走了。水邊，只留下我同那一枝柿葉及一片水上的斜陽。

我坐在那裡並不想離去，天色越晚，周遭越靜，我默默的坐在那裡，讓古城之秋特有的那份寧靜滲透了我。遠遠的，間或有歸鳥振翅，近處有小魚兒跳水的聲音，我更明白了英國詩人陶瑪斯葛瑞同夏芝在詩中寫的黃昏的靜謐氣氛。

這裡沒有蝙蝠，也沒有梅花雀，但有著同樣的淺灰微帶金紫的暮色，同樣的寂靜。

為了等著看那朵睡蓮如何漂白了一小片夜色，我到時光很晚了才離去，回到我那學校的宿舍，追隨在我的身邊的，是那微涼的，輕柔的，黑天鵝絨似的夜。

回到宿舍，我沒有開燈，在黝暗中，我看到那道閃光的護城河漾現了出來，還有那睡蓮，那蓮葉，以及那只可以意會不可言傳的秋的氣息。

……古城的秋光啊，久違了。

田園

這兩日陽光很好，是難得的晴美天氣，我拿了一柄鏟子，想將院角那株桂花移植到窗前。門鈴響了，郵差送來了女詩人的信，我在陽光下細讀著她那封描寫鄉居生活的信，有如聽了一闋田園交響曲，信文是：

昨天我將我的小園開墾了一番，在兩畦之間我栽上了成行的菜蔬，想不久的將來，豆苗、番茄，……即會在冬日的陽光下匯成了一片翻騰著波濤的綠海，每逢微風過境，它們更要載歌載舞了。

聽說您也鄉居，但不知以前曾在田園之中待過多久？您那一雙常被墨水染污的手，也曾與泥土親吻過嗎？您可曾種過花，種過草，

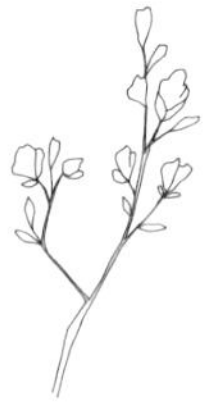

領略那一種生命成長的美與喜悅？

我每次帶著孩子到鎮上去買東西時，要經過一道小橋，橋下的那一灣水名「急水溪」，我每次俯身下望，只看見一道平靜、燦亮，如同月光凝成的流水，它的急水溪之名，不知因何得來？我在橋上，看到水上的影子時，總會憶起內地的河川，尤其是桂林那一道江水，那峙立兩岸的群山間的幽深岩洞，常將曳著繩縴的船夫的歌聲，變得曲折動聽，宛如流水般的迴盪不已。我更記得那晨曦中的竹林，黃昏時的山坡，以及因著季節而變換的流水的顏色……這些常常裝飾了我的夢境，一朝還鄉，我一定先到那裡看看，如今，那船夫們快樂的歌聲想早已不聞了，連那照著憔悴竹林的晨曦，怕也已經褪色了。

鄉居的生活真靜，我愛熱鬧，但我更愛寂靜，每天清晨，巷中的孩子們都去上學了，賣菜的老媼也過去了，將整個的空間，都交給寂靜來統治。這時候，我內心的音樂就開始響起來了，我自己是演奏者，是指揮者，更是唯一的聽眾，每一個節響的正誤，我都會聽得出來，我每晨至少有一兩個小時是如此度過了。呵，一個聽不見自己內心音樂的人是多麼痛苦呢？我寧願不計代價來換取一刻的寧靜，——為了使我內心的聲音清晰可聞。

近來我更少出去了，每週例行出去兩次，一次是步行十里路，到我教書的那個學校，一次便是在星期天清晨到附近的那座白色的小教堂裡去，這時候，我又多聽到兩種可愛的聲音：教堂的鐘聲與學校課間的鈴聲。

也許你會說我這種生活是不合時宜的，但我知道，我天生的是應該在鄉間與山石與田野為伴的。過去我曾費了很多的力氣改造自己，希望自己能適合城市的生活，現在我明白那是勉強不來的，我如今是甘於沉埋了。在沉埋中，我的心靈將如一粒種籽，一天會開放了它的花朵，雖然那股芳香也有幾分寂寞之感，但當它向了天空微笑的剎那，自有它自己的喜悅。

小花

你到何處去尋求「謙德」最恰當的解釋呢？——牆頭、窗下一朵不起眼的小花的笑容之中。

在風裡、雨裡輕輕的顫搖，在寂寞之中播送那一縷若有若無的清芬。它不向這個世界索要什麼，因為它覺得上天惠它的已多。它只是笑著，天真的笑著，默默的笑著，它只是由這微笑表示出生命的喜悅與感謝，有人看到它的笑容，有人漠然的走過，這都不關它的事。這並不能增加它的喜悅或憂愁。

英國的桂冠詩人丁尼生寫過一首詩，題目是牆縫裡的小花。那首詩的大意是說，在一堵破牆的縫隙裡，他看見一朵小花臨風搖曳，由那株

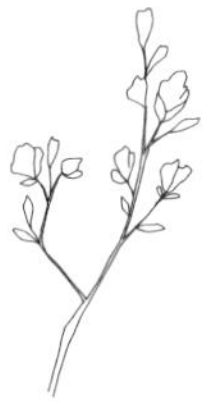

微渺、不惹人注意的小植物，他悟出了一個道理，他說如果他能將這株植物的根株、一切都參透的話，他將參透整個宇宙的奧祕。

這是一首精妙的小詩，每一句都如同一片帶著香息的花瓣，仔細讀來，雋永有味。

一朵小花中，展現著天地間的神奇，英國另一位詩人華茨華斯，也曾發現了這一項「奧祕」，他即曾說過這樣的話：

即使一朵最平凡的小花，也會使人感動得下淚。

當真，當你徘徊在遼闊的原野，白日西下，四顧蒼茫，只有零碎的鳥語，飄忽的微風伴著你單調的足音，這時，一縷縷的往事，也許像一陣淡煙似的掠過你的心頭，你的心中覺著那樣的空虛，同時更覺著那樣的盈滿，你想傾訴，說盡你心底的悲哀與逝去的歡樂，但是，身邊哪有一個人影？一切都似乎相當的遙遠。突然，樹根下有一個小臉在向你微笑，它似乎向你溫存細語，似是同情，似是慰藉，而那淡淡的芳香，正似一位至友的柔情，你不禁會流下淚來，這小花，這微笑，使你想起了一些什麼，也忘記了一些什麼，它引你流淚，但那淚點正好洗去了你心上的那點煩憂。

我國的一位新詩人，也曾以小花為題，寫出了像一朵小花同樣「自在、輕盈」的一首詩，只那歡快的調子，正好與樹影間小花的搖曳來伴奏：

一朵小花開了又落了
上天給他的聰明他知道，
……
它的歡喜，
它的詩，
在風裡輕搖。

白色的節日

前幾天，綠衣人送來一封信，是一個遠方的朋友寄來的，裡面裝著一張復活節日的賀卡，上面以秀麗的字跡寫著：

這是白色的復活節日，
白色象徵著黎明的曉光，
象徵著快樂。
復活節預示著新生，
預示著生命潛力的無窮，
在這個佳節，

我遙遙的祝福你，
可愛的朋友，
願春晨的陽光，
帶給你永遠的微笑。

在賀卡的另一面，畫著一株才抽新枝的老樹，上面掛著幾個鞦韆索子，幾隻小雛鶴，逍遙的在春風中盪著鞦韆，說明了它們生命的喜悅，近處，樹下面，櫻草已開了花，遠處，織在淡淡的藍霧中的，是小教堂哥提式的紅色尖頂，同紫色的樹叢。這張卡片給了我無限的快樂，凝視著它，我似讀到了一首春天的小詩。

我在收到這賀卡的第二天，寫了一封信給那個遠方的友人：

可感的朋友：

你那一張賀卡，及附來的一聲祝福，使我感到無限的快樂。

今年的復活節，在我真是一個可紀念的日子。多少時候以來，我為生活中的一些瑣碎的事而憂鬱，愁苦，我整天像被封在一堆暗雲裡，尋不到一點星光，我的神情黯淡，我的喉嚨喑啞，我的筆遲滯，多少次，我曾想，我也許會沉埋在這煩惱的積塵下了。經過多日的靜思默禱，我終於有了一種感悟，我明白，天既生我，不能自棄，生命的道路，原非一條通向理想的直徑，它原有著許多曲折。在生之路途上前進時，我們也可能遇到一些險阻，對於鍛鍊一個人的意志的堅強，這是必要的。生活一日，我們的籃中應有快樂的皎白的百合，也應有悲哀的黑色鬱金香，如此各色雜陳，才顯得格外美麗，我們豈能一味的只願裝來滿籃的百合呢，那不是太單調了嗎？漸漸的，我又開始熱愛我的生活了，我欣然的接受現實給予我的一切，不復再有所挑剔，只要能夠善加利用，一切都會變成於我們生命有益的。

當復活節日的鐘聲響時，我的靈魂也跟著復活了，為此，我懷著無限的感謝與喜悅。
謝謝你，可感的朋友，這一封短信，你可以看作我的一曲逐漸高亢的生命之歌。

池畔

浮萍碎在池塘裡，將一個綠色的春天分散在水上。我不知自什麼時候起，一直守候在池畔的石頭上，我得到的是那瀰漫在池塘上面的一片靜，——這片幽靜，將永遠嵌飾在時空裡，也許可以那樣說吧，永遠凝聚在小小的浮萍上，完整、圓潤，像那一顆水珠。

那顆水珠滾動在我的心上，

那顆水珠滾動在我的眼裡，

我欲效法那一個有著慧手慧心的女詩人，用自己的潔淨手帕將水珠拭下來，輕輕的，納入宇宙的心懷。

背後，女主人在呼喚我，一身珍珠色的衣裙，一臉嫣紅色的笑。

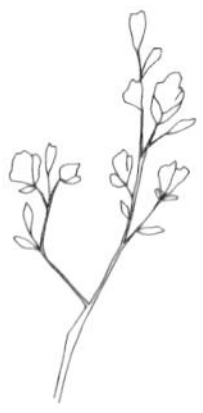

她知道我已經很疲倦，倦於人生中的越野賽跑，才悄悄的退了下來，找到了池塘邊的那塊古老的石頭。

「妳一定很累了？」

我未曾說話，只向她淡淡的一笑，那笑容比任何的言語解釋得更多，向了這麼一個聰明溫柔的女主人，我覺得一切的辭藻皆是多餘的。

隔著池塘旁邊的窗子，我看到了她的書室，畫集、詩冊，整齊的排列在四壁，在那一角，我有幸看到了詩哲泰戈爾的原文著作。

荷葉上的露水向湖水說：

「你是荷葉下的大水珠，

我是荷葉上的小水珠。」

多麼可喜的巧合，那女主人為我背誦的幾句泰戈爾的詩，正是有關於水珠的。

「我也有一滴晶瑩的水珠，裝飾宇宙的心胸！」我偏過臉來向她望著，也許我的聲音太低了，這一次她未曾聽清楚我說的是什麼。

我不願意再重述，也無須再重述。

「妳願意到我的屋子裡來看看我的藏書嗎？」

我走進了她的書室，也走進了她的詩與她的畫裡，書室的几案上，完全是她的已完成的未完成的作品。

欣賞完了她那美麗的書室中的一切寶藏，我更有幸在餐桌邊聽到了她的那些閃著智慧光澤的句子，一句接一句，使我聯想到環珮的清音。

當我回到屋外去時，我的手中多了一個小小的盆缽，是那女主人的餽贈。

一隻高高的小瓦盆，外面塗了黑亮的彩釉，擺在一個白色的鉛盤裡，盆裡是一株寄生植物，心形的葉片上，托著一個小小的春，沒有花，也永遠沒有開花的希望，也就永遠沒有花落的悲哀，因此，葉片上那個小小的春天，也就永遠停留在二月裡，早春的階段。

我又坐在那塊石頭上，不同的只是身邊多了一個盆缽，那早春的絕妙象徵。

那女主人這時候未曾陪伴我，她知道我要保持一份靜，要在她的池塘邊去等待什麼，又掇拾什麼。

於是，那一片屬於她的池塘，又再度的歸我來享受了。

時辰已過午後，人們都開始小睡，小睡的還有這一片池塘，我看到在那片不太強烈的日影裡，池上蒙起一層綠霧，池水在入夢了，我靜靜的守候著它。

身邊的盆缽上，也裊起了一片淡煙，盆中的早春也在夢與醒之間。淡煙裊裊的升起，沒入空際，沒入我的心中，在那灰綠的朦朧色調裡，我又看到了她。

她自過去的歲月中向我走來，趁了這幽靜的午後。

本來，我已不敢希望再看到她了，因為我們已離得這麼遙遠，這麼遙遠。

她悄悄的站立在我的面前，帶著那只有她才有的高雅的笑容，像是欣悅，又像是微嗔。

「我們分開了這麼久了，也這麼遠了。」

迷茫中我分辨不出這是我的聲音，還是她的聲音。

「我不曾給妳寫一個字，那又有什麼用處呢，什麼思念，什麼離愁，這些被用得俗濫的字詞，又能為我表達出什麼來呢。」

這一次我聽得很清楚，完全是我自己的聲音了。

她輕輕的頷首，那顯明的表示著：

「我曉得！」

沒有比這段時光更快樂的了，也沒有比這段時光更悲哀的了。

時間停滯在她哀怨的聲音裡，哀怨的眸子裡。

那對明眸裡有灰色的微雲。

那片微雲裡飄泊著無限的悵惘。

但是我又何能為力，我如何才能使她眸中的灰雲消失，悵惘化為歡笑？

一切沉寂，只有為離別分開的心靈在悄悄的迸裂，化為秋天，佈滿了池塘的水面。

一生中我只體會過一次這樣的哀傷，身邊的小小的盆缽裡，綠葉上托著一個失去顏色的早春季節！

我身後的窗玻璃上，有輕微的叩敲聲，那個溫婉的女主人小睡已起，仍然是珍珠色的衫子，嫣紅色的微笑：

「妳在池邊等待誰呢？」她的眼睛茫然回顧，她並不希望得到什麼明確的回答，只是隨意的問著。

「一個朋友，她也可以說是一個老朋友了。」我回答著。

「她什麼時候來？」

「她已經來過了。」

女主人的臉上充滿了驚愕。

當真，誰能看得到她呢，她只是出現在我的心裡，她已經去得那麼遙遠，她不會出現在我的面前了，她只是如一點螢火，閃著微亮，偶爾在我的心間漫遊，在清晨，在日午，在這幽靜的池畔。

今天她已來過，我贈送給她的是那為我拭下來的萍葉上的一點眼淚，燃燒過的眼淚，還有那女主人給我的一盆沒有花的春天，我也將轉贈給她。

秋

隔著窗子，我看到後院的樹枝間開放了那麼多金黃的花朵。

「這是什麼花呢？」我默默的自問著，心中充滿了驚喜之感。我不記得自己在什麼時候種過這一種花。

我放下了筆，走到後院的樹下，啊，哪裡是什麼花，只是一些葉片，浸染在秋天的空氣中，悄悄的變黃了。

我摘下了一片葉，托在手中，反映著秋天的太陽，它顯出了一種格外觸目的顏色，這使我聯想到一句詩：

　它的顏色，

訴說出一個故事。

它是一個使者，也是季節給我們的請柬，上面寫著的是，秋之神希望我們去參加它為我們準備的華筵。

捏著這一片秋葉，我的心靈是整個的浸漬在快樂中了。我是多麼的愛秋天，它那種情調，才真正是屬於詩的。春天只給我帶來了一些傷感的回憶，夏日對我的生活來講，顯然是一個諷刺，而只有秋天，給我無限的恬適。

我在一篇文字中曾經說過：「我的靈魂是與秋天同色調的。」

在一片渺遠的秋空下，一株凋落樹旁，一片瑟瑟的白草上，才是最適宜描上我的影子的畫面。我將站在那裡，在風中，在雨中，甚至在落霜霰的日子。

在那裡我將看到遠處山坡上小屋的燈光亮了又滅了。

我將聽到一支曲子悠揚起來，又低沉下去。

我將看到一些匆忙的人間旅客走了過來，又走了過去。

「這真是一本最奇妙的時時變換內容的大書。」我讚嘆的說，「這部著作的文筆多麼清麗，含義多麼深遠，尤其是，更有著多麼生動的插圖啊。」

我一邊說著，一邊以目光在那書的佳句上縱橫的畫著一些線條。

我經歷了不少的秋天，但我覺得如今才真正了解了秋天的意蘊，因為，我的生命中當真來了秋天。

是的，秋天已來臨到大地上，秋天已來到我的生命中，我應該在清涼的微風中搖落掉那些幻想的葉片，而只留下那代表著年光與「感悟」的青色果實。

初秋隨筆

天晴雨止，我靈魂中的風雨也似乎過去了，我感到一股難以形容的平和與怡悅，院子裡的蘭花開了，碧綠而細長的葉子，白色的花朵，如同一枝枝的小蠟燭，在風中搖曳，藍天上，尋找不到一絲雲影，只有燦爛的日光到處流溢。我很久不曾笑了，望著天地間這一片純淨的色彩，不禁微笑；我很久不曾歌唱了，在這美麗的佈景下，我竟隨口吟唱起一支老歌。我的心靈，竟像是一隻於樹葉底下躲避風雨多日的鳥兒，如今拍拍翅膀，向著天空飛去，什麼也攔阻不住它。

我愛自然界的景色，卻不喜遨遊什麼名山大川，我覺得在一個能夠領略自然界美趣的人，小溪與大海，草葉與巨樹，土邱與大山並沒有什

麼分別，它的美是一樣的，給人的快樂也是一樣的，在我的門前流過的小溪，長在牆縫裡的一朵小花，就足夠使我流連竟日，「極視聽之娛」，我之不喜外出，在朋友們當中「素負盛名」，但我並非將自己鎖在倉庫裡，使精神生鏽，在小小的柴扉內，我仍然能與造化息息相通：一片雲，一瓣落花只要我們細心的去讀，用心的去讀，則它給我們的並不少於一本有價值的哲學書籍。我覺得大自然中的一草一木皆能給我們很多的啟示，正不必走上千萬里去尋求。你可曾理會到：窗前那株瘦伶伶的番石榴樹上的一片葉子，正是世界百科全書的一頁啊。

幾個月來我因心悸病復發以致冷落了筆硯，而讀書也在醫生禁止之例，唯一的消遣就是聽音樂，看雲彩，自覺心境較前開朗了許多，但是，因為生活太閑散，反而覺得失去了以前繁忙的工作給我的樂趣，至此我遂參透了那兩句名言的深意：「生命中最大的快樂就是工作」以及「你不快樂是因為你的工作太少了」。當真，能夠證實我們的存在，並反映出生命的價值的，只有工作，我既然缺少才能去做別的，那麼還是低下頭來寫吧，默默的寫，老老實實的寫，那雖然有點虐待一隻右手，但自己的靈思隨了手中的筆桿縱橫滿紙之時，會使一顆幽獨的心靈感到多大的快樂啊。我喜歡寫我自己心中的感受，寫對大自然及人類的感情，以及讚美上主造化的神工，謳歌花木美妙的文字，我從來不願寫也不會寫攻訐指摘他人的文章，既然每個人皆受偏見的遮障，一篇掎摭人家文字利病的作品，就難免有失公平。(我曾親自聽見過三個人述說一件事實，而由三張口中說出，一件事實就變成了迥不相同的三個故事！）這是人類受自己偏見遮蔽的最好證明，我不得不佩服三個敘事者的創造才能，但是我不免代那事實的本身嘆惋！我們有的是高妙的Story Teller，但我們何處去尋一個富有考古家精神的人，認真的一鏟一鏟掘下去，去發現事實的真相！我曾聽到了許多個不同的批評家，對同一篇文章不同的評價！多少年前，法國的作家兼批評家阿那陀．法朗士就曾說過：批評是靈魂的漫遊，是靈魂的探險。探到什麼，就寫出什麼，純憑一己的感受。這麼多年以來，在我們的世界上仍然有人難以逃出印象主義批評家的路徑，而未曾找出一個客觀的批評的基準，且免不了各以所長相輕所短，實際上，我們倘若想力矯人類心性的缺失，就應各以所短讚人所長。文藝的場地廣大無垠，它並無時間的限制，且是超越時空的，沒有任何作家能以一己的作品填滿了它。各個文藝工作者，與其互相剪伐，何如彼此砥礪？與其終日苦苦的去尋找發現他人文字的疵病，何如去發現他人的長處？何如去檢討自己的缺失？百合羨慕海棠的嫣紅笑靨，海棠卻慚愧自己缺少百合的芳香；雛菊熱愛玫瑰的美麗，玫瑰卻喜歡著雛菊的爛縵……。在文藝的場地中，我們何苦以自己的標準來批評別人？太陽月亮與繁星各有它的光華，我們的世界不能只有太陽而沒有星辰，星辰的光與月亮自是不同，而沒有了月亮，太陽也代替不了它。我們有「初日照高林」的佳句，而也有「明月照積雪」的妙語，誰能說哪一句更美？何況我們還有「眾星何歷歷」的詩句，在詩卷中閃爍著奇光？

除了對一些黃黑色的文字我表示極端厭惡以外，我不願寫一些指摘他人文字的篇章，責備他人自己也感到痛苦，反過來，到人家的作品中去尋求隻句名章，則會感到無限的快樂。好的文章，並非幾句貶語所能抹煞，而壞的文章，遲早終會為讀者所摒棄，又何必去管它，任它自生自滅吧，那原是蜉蝣！我總想寫一部長篇，在其中吐發出我心靈的聲音，表現出我的喜悅，我的哀愁，以及我的希冀與理想同幻夢。世界上的一切都要成為過去，一切的東西皆會朽腐，儘管很多年以前即曾有人說過文章乃不朽之偉業，但能夠躲避過了時間這面篩子的空洞的書籍，能夠被保留下來的畢竟不多，被保留下來，而仍受到讀者的熱愛，任何的作者皆沒有這個把握，但我們竟能因此而放棄了自己在這一方面的努力嗎？不，我們儘量在篇章中塗上一種防腐劑吧，將整個的心靈印在上面，千百年後，你的快樂也許仍能引起讀者的微笑，你的悲哀，也許仍能使他或她發出一聲嘆息——作為對你的應答。

深秋

窗外終日飄著霏霏的煙。使一切真實的顯得那麼虛幻，虛幻的又似那麼真實。我喜歡這種情調，謎也似的情調，一些單純的，顯得那麼複雜；而一些繁複的，卻又另外顯現出一種簡淨之美。

我打開窗子，隔了那綠色窗紗，我向外凝視，才發現那並不是霏霏的輕霧，而是絲絲的細雨，因為雨腳纖細，所以我竟以為是綿軟的霧了。

涼風與細雨俱來，這況味，宛如久違的北方秋天。

我多麼喜愛秋天！不似夏之繁華，冬之肅殺。在秋天，一切顯得那麼平靜，那麼和悅，那麼澄明，完全像一位魏晉詩人的恬淡心境。

我每天拿了一柄竹枝掃帚，在樹下清掃黃葉，慢慢的，輕輕的，細

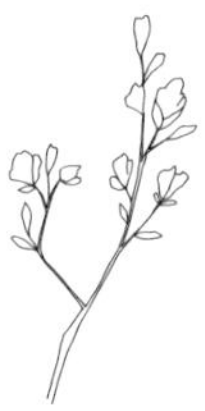

聽黃葉的低語，秋風的消息。

黃葉在做著夢，夢見它在三月的春晨，在枝上呈現出一片新的希望，夢見五月的日午，它遮覆下的一片清蔭。如今，身邊是一片西風，似是在嗟嘆，在撫慰。但黃葉輕輕的飛揚起來了，飛到泥土濕軟的地方，接近那株大樹的根子。

它在心上孕育著一個希望，明年的春天，它又將在陽光之下搖曳了，揮著鮮明的綠色的旗幟，使世界上充滿了新的生機與生命的歡欣。

我掃著落葉，我迎著西風，但在我的心中，一個小小的春天誕生了。

我放下了掃帚，我默然而立，支頤靜思。

由一片黃葉，我了解人生的義蘊與奧祕。

穿過了時空，我走進了明日，我看到春天被擎托在千萬片綠葉的掌心裡。

記得從前我看到過一篇故事，題目是秋日裡的春日。

一個多麼美好的題目，一個多麼美好的故事！

一些頹廢者往往在春天預支冬天的哀愁，但一個樂觀的人，卻能在一片黃葉說明的秋天裡，看到新綠照眼的春日。

是的，絢爛的秋光裡，預示著一個春天的遠景，我們將懷著無限的希望，走過冬天，有一個美麗的遠景在望，什麼能使我們趦趄呢？

踏過了一片片落葉，我如同走過一道小小的橋，它們使我們距離春天更近了。

我在秋天發現春天，在西風裡卻感到和煦的春風，自遠而近。

我將一片黃葉放在掌心，在上面我寫了一行細字：

「在這上面，我又看到了你——春！」

落雪的日子

那已是十多年前的事了，那時我還在古城讀書。一個嚴寒的冬日，我和留在學校中度假的幾個同學，上午到圖書館中搜集了一點畢業論文的資料，傍晚沒事，我們便計畫著出去散散步，並採購一點過年的「冬糧」。

但是我們才要走出去的時候，天色忽然變得更暗了，一陣陣的寒風，挾帶著繽紛的雪片，轉瞬間把枯樹的枝柯都描上了一層白痕，我們猶豫了一會兒，因為不知道這場雪什麼時候會停止，最後還是決定出去，每個人只在頭上加了一塊頭巾，以免雪水沾濕了頭髮。

出了學校後門，街上是靜悄悄的，只有幾隻孤零的小鳥，在小麵館

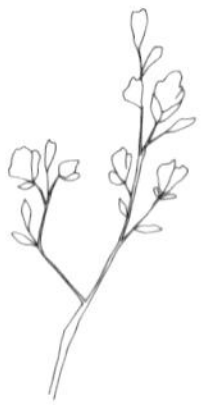

臨街的窗前跳來跳去，尋覓食物。前面那道木橋，乃是我們要到鼓樓大街去的必經之路，已被雪封住了，無法辨認出橋上那條斷折的舊痕，有個同學提議我們就在結冰的河面上走過去，這是一個新鮮的嘗試，我們每人折了一條枯枝，輕輕敲擊著冰面，以測知是否有溶化的地方，這樣試探著橫渡過那道小河，來到那燈火輝煌的鼓樓大街。

回來，已經快九點鐘了，管宿舍的姆姆正拿著成串的鎖鑰在門邊等候我們，白色的細碎雪花，綴滿了她的黑布傘。我們回到宿舍，喊那老女傭在火爐中加夠了煤，將煮開水的銅壺添滿了，我們圍爐而坐，將買來的生栗子與白菓扔在火上烤著，捧著一杯熱茶，朗誦著一個新詩人的句子：

聽外面有腳步聲，
沙沙……。

有個人在喊著：

「下雪了，雪真大！」真覺得有無限的情趣，如今飄泊海隅，舊友零落，真不知何日再坐在昔日的小樓中，聽著室外的風，望著窗前的雪，撥著爐火，重溫舊夢！

雪地上

古城是一個值得留戀的地方，四季的風光各有其迷人之處，而冬天尤為可愛。冬天落雪的日子，晨起往往推不開門，因為盈尺的積雪已將門堵住了。門外，一望無際的雪有如一幅展開的素絹，只待早起的人們與覓食的鳥雀在上面落筆。

街頭巷口，在雪後的清晨格外顯得冷落，只有賣燒餅豆汁的小店門窗裡，透射出一片耀眼的燈光，更冒出了一團團的白汽。也許偶爾有個推著車子的清潔夫過路，此外，就是那個賣烤紅薯的小販了，他的身後往往追隨著幾個小學生，搓著紅腫的小手。

在落雪的日子，我常常喜歡清晨到外面去散步。一場雪，改變了衰

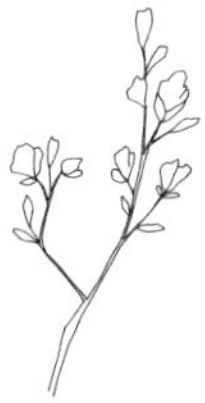

老大地的音容，世界呈現出一種恬靜的美，平時震耳欲聾的車輪，輾過雪地時也只餘下了沙沙微響。

我輕輕的在雪地上走過，聽不到我的步履，也看不到我的身影，我只覺得自己像一枝畫筆，握在一位神祕畫師的大手中，當我向前移動之頃，在畫面上留下了一些微渺的印痕。

離家幾十步，就是那一座石砌的弓背橋，一座平凡的小橋，雪後看來卻格外富有詩意,橋上面是幾根枯萎的柳枝輕拂著一層珠屑似的白雪，柳條著雪的那面亮如銀線，未著雪的一半看來像是一道陰影，這樣的景色令人感到唯一的不足之處，是缺少一隻白鸛！

橋頭，在一座半圮的矮屋前，是一輛破舊的人力車，一個著了件藍粗布短襖，以污黑的舊毛巾包了頭的中年車夫，踡縮在車座上，無神的眼睛四下裡張望著，見我走過，他開始以嗄啞的聲音喊著：

「要坐車嗎？」

他哪裡知道我正要趁此清晨享受一番雪中獨步的愉快！我向他搖了

搖頭，但他竟拖著他那輛有分崩離析的危險的車兒，迎著我走來了：

「坐車吧，天兒這麼冷！」

我沒法向他解釋，我一年中難得萌發幾次清興，更難得擺脫俗務，偷得一兩小時的空閑，縱無梅花可尋，我也想暫時充一次踏雪的雅人。但他那份招攬顧客的熱情，確使人有點難以推脫，我只好跳上了他的車子，隨手向前指指：

「到了北海公園門前就停下來好了。」

他挽起了那露出敗絮的衣袖，捏住了車把……。只走了四五步，他突然兩手一鬆，向前倒去，我驚駭的下了車子，趕緊來攙扶他，他這才慢慢的拍拍兩膝上的雪，掙扎著起身來：

「我拉不動了，您做點好事吧！」他向我伸出顫抖的手。

我望著他那神色惶急的臉，這麼寒冷的天氣，他那多皺的額上竟滲出了大顆的汗珠。

我趕緊將車錢數給他：

「好吧，今天別再拉車子了，趕快回家去吧！」

「謝謝您哪。」他笑了，一邊將錢塞到衣襟下，更掏出一個油亮的煙荷包。

我望著他拖著空車子在雪地上漸漸去遠，他那忽悲忽喜的面容一直幌動在我的眼前。我已失去了雪中漫步的興致，一個人又踱了回來。

過了幾天，我有點急事待辦，又在清早出門，見橋頭停著的仍是那一輛人力車，那個車夫又以那嗄啞無力的聲音呼求我坐他的車子，我上了車後，他沒走幾步又仆倒了。至此，我才明白他的「仆倒」是一個狡黠的把戲，一場小小的騙局。

在古城淒冷的冬晨，一輛破舊的車子，一張神色惶急的面孔，已能引起人深厚的同情與悲憫，誰忍心在他仆倒之後再讓他向前趕路，而不付給他全程的車資？

儘管在當時這小小的鬧劇使我在前行的路上劃了破折號，但我對那個車夫——也許可以說他是喬裝的車夫，懷有無限的憐憫。

昔日古城中的民情是純樸的，即使一個窮苦無助的人想得到一點金錢，他也不想巧取豪奪，只用了這小小的拙笨的動作，來換取一點同情。

在人間戲劇中，他只是一個極其微末的角色，他的表演又是多麼簡單而拙劣，但是，仔細想想，又是多麼感人的演出啊！

在古城住了七年，那裡的一草一木都引我繫戀，我常常記起那個賣鴨蛋的老婦人，送煤球的孩子，以及那個狡黠而呆笨的車夫，是的，我說他是個狡黠的笨人，但是，在人間戲劇中，我認為他是一個可愛的小人物，他利用跌倒的動作來換取同情，那也許會使他身心都感到痛楚，但是，他不會傷害別人。

昨夜秋風中又曾入夢，夢見了古城和城牆上的白雪，醒後我又想起了那雪地上的故事。

那個車夫如今已經很老了吧，也許他的髮鬚上都點綴了雪花。不知他還記不記得當年一個雪後清晨坐過他車子的人？他曾破壞了她雪地漫步的清興，然而，如今她含著笑也含著淚寫這篇短文來紀念他，紀念他當年表演的一幕雪地停車。

山與水

年輕人多半喜歡濃豔的色彩，在我以前的一些舊作裡，常常可以見到一些濃得化不開的富於色彩的字句。一天有個朋友掀閱著我的學生時代的文集，微笑著問我說：

「我想你一定喜歡山吧？」

「何以見得？你以為我是樂山的仁者，不是樂水的智者嗎？」我幽默的詰問著他。

「不，我以為山比水更富於色彩，夏來，山上有爛縵的群花，而秋至，水邊缺少那紅於花的帶霜楓樹。你在文字中，喜歡用色彩渲染，這大概因為你學畫未成，才轉而以文字作畫了。我說你之喜歡山，因為山

容比水色更美麗，多變化，富於色彩之美。」

聽了她的話，我不曾頷首認可，也並未否認反駁，她以為自己講對了，實際卻並不正確，她哪裡知道我不但喜歡水並且喜歡到瘋狂的程度呢，義大利的水鄉威尼斯，是我自幼夢魂縈繞之地，雖不能至，心嚮往之，而一道淺水、清溪，一片澤地、泥沼，只為了閃爍著一點清瑩的水光，也得到我無限的愛戀。

故鄉本多水，村前便有一道小河，像為那純樸的小鎮，套上半只手鐲，這次，我曾寫入我的一首長詩〈水上琴聲〉的前記裡：「故鄉多水，清風明月夜，歌人琴師，臨流撫弦，聲行水上，自然成韻……。」幼年時我常常和一些小女伴在河邊的柳蔭裡嬉遊，看看一些村中男女，在河上架的獨木橋上來去，襯著藍天白雲流水的背景，那些服裝簡單，舉止笨拙的鄉人，看來竟像是畫中的人物。有時我也以柳條輕擊著河面，默望著水裡的流雲發怔，淙淙的逝水，水底多變化的雲影，使我有一些感觸，但我那時卻無法將它說明，只覺得「水流雲在」這件事有幾分悲哀的意味。後來全家移居天津，家門正對著白河，曉霧猶濃，日光已開始在河上綴上閃閃的銀星，聽漁人們吃力的划船到水中央去捕魚，緩緩的槳聲透過曉霧，是那樣充滿了詩的情調。我背了書包，站在岸上，目送著那些船兒漸遠，我朦朧的意識到隔了一個距離來欣賞一些景色，是美麗的屬於靈智的工作，但一個人永遠站在岸上，不能投入河心，一試水的冷暖，這又是多麼富於悲劇意味！也許直到現在，在世界上生活著，我始終只是做了個河岸上的旁觀者，並不曾縱身時代的波濤中，去尋求生活的真義，我羨慕智者，但我更羨慕勇者！脈脈長流的無言河水，日日在我這岸上人的心中激盪，雖然我不曾去實際體驗，但我漸漸的了解生命的真正意義，一個夾著書本站在岸上徘徊的人，並沒有在波心中撈取生活意義的漁家兒女幸福。

後來我升學到古城，學校就在湖畔，那湖水清瑩澄澈，將那附近一帶，點綴得如詩如夢。那片湖水，本如一只翡翠的盤子，中間卻被一道長堤隔分為二，堤的兩旁，垂楊披拂，將一層比水色更深的綠影，散佈湖面，湖邊淩亂的生了一些修長的蘆葦，細弱的水蓼，在一片綠影中，輕輕搖曳，無限嫵媚，秋來以後，湖心的荷殘菱老，只有朵朵細碎的蓼花，開得極其鮮美，襯托著一片明淨的湖光，真是最好的尋詩尋夢的勝境。至今，窗前獨坐，拉開記憶的簾幃，我仍似看到那一片澄澈的清光，如同明眸，無言的向我眨動。

島上郊居，住處附近沒有河、湖，甚至一道山溪也未在此繞行，偶爾雨後一片積水淺潦，照亮了我靈魂角隅，在散文集《湖上》中，我曾經有一篇題為〈請柬〉的短稿，寫到這一片不及方尺的小水：「地上還保存了一片雨水（雖然天氣已放晴好多日了），形成一面小小的幽潭，明亮得有如山鴿的眼睛。」

我愛水，水是大自然預備的美酒，使我的心靈陶醉，雖然現在生活在一個沒有湖、河的山村裡，但在記憶中，我仍然聽到童年門前的小河，以輕捷的步伐，呼唱著自我的夢中經過！

寂寥

天色陰晦，周遭是一片靜寂，只有對面人家在伐著門前的那株樹，枝葉在斧鑿下，悲哀的歌唱著。她在窗前站住了，她覺著那枝葉的音響，像是自她心上發出來的，一會兒她的窗前即將失去了這一片綠色，生活將變得更為寂寞……，她不敢想下去了。

她很多年來就喜歡在樹蔭下小立，看一些人在路上走了過來，又走了過去，漫步在路邊的綠樹蔭裡，她覺得可以儲蓄一些旁觀者的道旁的智慧……。那也是好多年前的事了，她曾和一個同班同學站在樹底下躲雨。

風雨在樹頂上喧譁著，而在綠葉做成的雨傘遮覆下，她的頭髮都沒有濕，她很高興的說：

「我真愛這座綠色的涼棚！」

「你也喜歡聽棚頂的風雨聲嗎？」

「是呵，這聲音多真切，又多親切，我覺得風雨在向我述說一個傳奇呢。」她向他笑了笑隨手折了一根嫩枝子，放在口邊咀嚼著，青色的汁液，沾滿了她的嘴唇。

想到這裡，她不禁悄悄的舐了舐嘴唇，彷彿仍有點苦澀的味道……。如今，一切都消失了，只餘下那一點苦澀的味道。是的，一切都消失了，只有巷中對面人家門口那一株大樹，為她的平凡枯燥的生活，覆上一片清蔭，抹上一點綠色，但如今這株樹也要被砍折了，她想起了她最喜歡的一位作家瑪利．韋伯的話：

當樹木被摧折，
我的心靈也碎為片片。

她聽見外面有樹木倒下去的聲音，她覺得她的心靈當真受傷了。

走出院門，她俯身自那倒下的根株上，折取了一根青青的幼枝，捏在手裡擺弄著，然後走進屋中，打開了收音機。

室中迴旋著海菲茲演奏的提琴曲：〈流浪者之歌〉，她覺得那曲子正是為了她而演奏的，當然，如今有一個屋頂遮覆著她，但流浪的是她那顆心，……它在到處飄泊，經過了荒村、原野、大漠，有時，一陣陣撲面的風沙使她的眼睛濕潤，視線糢糊了。

在灰色的沙灘
灰色的海濱上
那裡有一座城；
霧重重的壓在屋頂上，
海在寂寞中不斷的呼嘯著
好個單調的城。

不知自哪兒飛到她腦子中這樣幾句話，她覺得那道灰色的城圈當真已建築在她心靈的四周，她試想飛越過去，但是失敗了，望著外面灰濛濛的雲天，她低聲的向自己說：

「好高的城牆啊！」

她緩緩的走到桌邊，將那根猶未失去綠色的嫩枝插在一只瓶子裡，那油綠的顏色，似乎在她的眼前延展開來，形成了一排整齊的小杉樹，一個聲音，自這排樹後面透了過來：

利莎，

利莎！

這正是她在教會的學校讀書時，外籍的教師們為了便於記憶及呼叫，才為她起的一個名字，除了當年的那些師友們以外，很少人知道她這個名字的。如今是誰呢，又在這樣呼喚著她，這個聲音好熟啊，但是她想不起這是誰的聲音了。

她挪開了桌上攤開來的一本書，下面露出了一封舊信，是一個老同學寫來的：

前幾天我在海邊曾看到了蕭，當年我們那個同班的「哲學家」，他們全家原來都搬到這兒來了。他向我提到了你好幾次，並且說，他懷念古城，及昔日古城中的一些人和事，……原來他還記著你，但我知道你是不大欣賞他那套哲學的，所以，我未曾向他說到你的近況，並且，再說那些又有什麼意味呢……。

天色漸漸的暗了下來，她不曾去打開那盞檯燈，因為另一盞記憶的小燈已照亮了這整個的屋子。

利莎，

利莎！

那聲音又傳來了，一聲聲的使得她心煩意亂，她站起身來，將那枝青色的樹枝擘折了，又將那封信揉成一個團兒，扔到窗外去，那個聲音當真停止了。

如今一切靜寂了。

對面那株大樹已經被砍折了，即使是再變天氣，也不會有那麼響亮的風雨聲來擾亂她的清靜了，讓寂寞像雪花似的一片片將她的心遮起來吧，她很疲倦，她要睡了。

杏黃月

杏黃色的月亮在天邊努力的爬行著，企望著攀登樹梢，有著孩童般的可愛的神情。

空氣是炙熱的，透過了紗窗——這個綠色的罩子，室中儲蓄了一天的熱氣猶未散盡，電扇徒勞的轉動著。桌上玻璃缸中的熱帶魚，活潑輕盈的穿行於纖細碧綠的水藻間，鱗片上閃著耀目的銀光，——這是這屋子中唯一出色的點綴了，這還是一個孩子送來的，他的臉上閃爍著青春的光彩，將這一缸熱帶魚放在桌子上：

「送給你吧！也許這個可以為你解解悶！」

魚鱗上的銀光，在暮色中閃閃明滅，她想，那不是像人生的希望嗎？

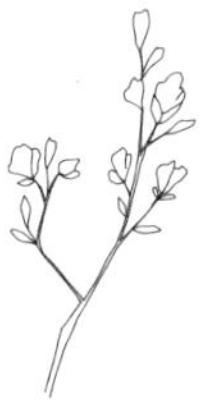

閃爍一陣子，然後黯然了，接著又是一陣閃光……，但誰又能說這些細碎的光片，能在人們的眼前閃耀多久呢？

杏黃月漸漸的爬到牆上尺許之處了，淡淡的光輝照進了屋子，屋子中的暗影挪移開一些，使那冷冷的月光進來。

門外街上的人聲開始嘈雜起來，到戶外乘涼的人漸漸的多了，更有一些人湧向街口及更遠的通衢大道上去，他們的語聲像是起泡沫的沸水，而隔了窗子，那些「散點」的圖案式的人影，也像一些泡沫，大的泡沫，小的泡沫，一些映著月光的銀色泡沫，一些隱在黝暗中的黑色泡沫，時而互相的推擠著，時而又分散開了，有的忽然變大了，閃著亮光，有的忽然消滅了，無處追尋。

忽然有個尖銳而帶幾分嬌慵的聲音說：

「月亮好大啊，快照到我們的頭頂上了。」

接著是一陣伴奏的笑聲，蒼老的，悲涼的，以及稚氣的，近乎瘋狂的：

「你怕月亮嗎？」

玻璃缸中的熱帶魚都游到水草最密的方向去了。

街上的嘈雜的人語聲、歡笑聲暫時沉寂了下來。

誰家有人在練習吹簫，永遠是那低咽的聲音，重覆著，重覆著，再也激揚不起來了。

月亮也似仍在原來的地方徘徊著，光的翅翼在到處撲飛。

門外像有停車的聲音，像是有人走到門邊……她屏止了呼吸傾聽著。

那只是她耳朵的錯覺，沒有車子停下來，也沒有人來到門前，來的，只有那漸漸逼近的月光。

月光又更亮了一些，杏黃色的，像當年她穿的那件衫子，藏放在箱底的已多久了呢，她已記不清了。

沒有開燈，趁著月光她又將桌子上的那封老同學的信讀了一遍，末了，她的眼光落在畫著星芒的那一句上：

「我最近也許會在你住的地方路過，如果有空也許會去看看你。」

也許……也許……。她臉上的笑容，只一現就閃過去了，像那些熱帶魚的鱗片，倏忽一閃，就被水草遮蔽住了。

水草！是的，她覺得心上在生著叢密的水草，把她心中那點閃光的鱗片，那點希望都遮住了。

她怏怏的將信疊起，塞在抽屜底一些舊信中間。

那低咽的簫聲又傳來了，幽幽的，如同一隻到處漫遊的光燄微弱的螢蟲，飛到她的心中，她要將它捕捉住……對，她已將它捕捉住了，那聲音一直在她的心底顫動著，且螢蟲似的發著微亮。

她像是回到了往日，她著了那件杏黃的衫子輕快的在校園中散步，一切像都是閃著光，沒有水草，……是的，一切都是明快朗麗的，沒有水草在通明的水面上散佈暗影，年輕的熱帶魚們在快活的穿行著，於新鮮的清涼的水裡，耳邊、窗外、街頭沒有嘈雜的聲音傳來。那些女孩子們說話的時候，也沒有這麼多的「也許，也許，」她們只是寫意的在那園子裡走著，欣賞著白色花架上的蔦蘿，一點一點的嫣紅的小花：「像是逸樂，又像是死亡。」她記得她們中間有一個當時說。那是向著那盛開的蔦蘿，向著七月的盛夏說的，其實什麼是逸樂什麼是死亡，她那時根本不了解，也因為如此，覺著很神祕，很美。她想，她永遠不會了解前一個名詞的意義了。

她睜開眼睛，又大又圓的月亮正自窗外向她笑著，為她加上了一件杏黃的衫子，她輕輕的轉側：

「一件永不褪色的衫子啊。」

月光照著桌子上的玻璃魚缸，裡面的熱帶魚凝然不動，它們都已經睡去了，在那個多水草的小小天地裡。

簫聲已經聽不見了，吹簫的人也許也已經睡了，嗚咽的簫已被拋棄在一邊，被冷落在冷冷的月光裡。

夜漸漸的涼了，涼得像井水。夜色也像井水一樣，在月光照耀不到的地方作蔚藍色，透明而微亮的藍色。

她站在窗前，呼吸著微涼的空氣，她覺著自己像是一尾熱帶魚，終日在這個缸裡浮游著，畫著一些不同的圓，一些長短大小不同的弧線。

她向著夜空伸臂畫了一個圓圈，杏黃色的月亮又忍不住向她笑了，這笑竟像是有聲音的，輕金屬片的聲音，瑯瑯的。

星影搖搖

今夕，我又仰起頭來尋覓那顆星星了。

正是雨後，天上是一片陰暗，沒有雲彩的帆影，也失落了天使手持的小燈。

可是那盞神祕的燈盞被晚風吹熄了嗎？

抑或是那枚黃澄澄的果實已經透熟蒂落？

我尋覓著，我等待著。

如果那盞小燈被風吹熄了，它一定會被一隻仁慈的手重新燃亮的。

如果那枚果實透熟落下來了，它一定會慢慢的下落，下落……，最後，終有一日會落到我的窗前。

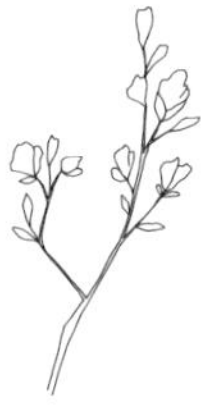

我抬著頭，大張著眼睛尋覓著，等待著。

每個晴好的黃昏，它閃著銀色的光芒，出現在我的窗前，它默默的望著我，望著我徘徊，望著我枯坐，望著我展卷誦讀，望著我搖筆苦吟……，它從來不曾向我吐訴一個字，它也許覺得我這個「人間的人」不會懂得它神祕的語言，它只是有時向我微笑，有時，更似有什麼感觸似的，與我無語相望，眸子中似閃爍著一滴清淚，那麼晶瑩的一點透明的淚珠啊，宛如要自清邃的藍空滴流下來，我真想自抽屜中取出那一方雪白的紗帕，登上高梯，爬到天隈，將那滴無價的明珠的淚痕沾拭了下來，永藏於懷袖之間，如此，我可以永遠保有它那份甜蜜的憂愁。

有時，它默默的望著我，毫無表情，不知它是在思索著一個深奧的問題，還是憶起了什麼往事而感到迷茫……。

我有時向它低誦一節小詩，有時向它輕唱一支短歌，它都靜靜的聽著，有時，更似閃現出一絲嘉納的微笑。那笑容像是一位慈母，更像一個天真的孩童，它笑，笑得那樣溫柔，那樣可愛，漫天似乎響起了一種金屬性的清脆回聲，又漸漸的歸於沉寂……。

連日風雨，那顆星星消隱了，我尋覓不到它的蹤跡，我想去向天文家詢問，然而，我又不知道它的名字——在群星之中，它不是最輝耀的一座，雖然，在我眼睛中，它的光華無可比擬。

風雨之後，終有轉晴的時候，明天或後天，在那遙遠的天隈，我一定又可以看到了它，那顆星，那盞天使手中的燈盞，那株神祕的樹上結的黃澄澄的果實！雖然，相隔那麼遙遠，但是，它似乎就在我的窗子外。

旋轉的燈柱

亞熱帶的八月，地面有如一張欲燃的枯葉。風將塵砂吹揚起來，似是白紗的幔帳，將地上的一切，都輕籠起來，遠近是一片迷濛……。賣冰淇淋的小販，推著裝了鑲荷葉邊布帷的推車，拚命的按著那尖銳得刺耳的喇叭，好像地獄的幽靈在呼喚，一聲聲的使人的神經更為緊張……。

近中午，太陽變得更為熾熱，黃澄澄的日影在馬路上屋階前延展著，好似熔了的金液，而天地間那大熔爐的熱度還在繼續增高著。寒暑表的水銀柱也一直在上升著。

馬路兩邊，鳳凰木開得正盛，樹頂上東一堆西一堆盡是那些花朵燃

著的野火，火焰照得人幾乎睜不開眼睛。羽毛般的葉片在輕搧著，影子重重疊疊的落在柏油路上。路，光潤而長，灰色的衛生院的汽車，緋色的甲蟲似的計程車，怯伶伶的單車，和那瘋狂了的野馬似的摩托車……玩具似的被一條無形的繩子拉著，在馬路上滑過，摩托車上的騎士戴著輕便的白盔，上身伏在車背上，衝鋒似的向著前面那一片亮藍的天空及半圈暗藍的遠山衝去。路兩旁鳳凰木如火如荼的開著，枝柯交搭著，成了一道道的拱門。

來來去去的車子與行人，形成了兩道對流的河，溶溶漾的長水，且不時分出一道支流，以街道為河床，在其上流著，流著，但是流不出那狹隘的河床，人生的河床是多麼狹小啊，每輛車，每個人都似乎以力所能及的最大速度向前滑流，快，快，車輪不息的滾轉著，喇叭聲響徹了寂寞的空氣，單車的鈴子——只有它是溫婉和悅的唱著：「玲玲，玲玲……。」這些聲音合成一闋西比留斯的樂曲。

週末，好難消度的寂寞的週末！文菁悶坐在一輛計程車裡——她才自車站送了一個朋友回來，滿眼仍是那離別的一幕！新裝冷氣的觀光號的火車，車窗都緊緊的閉著，遠行的人在窗裡面，送行的人站在車窗外，兩個人苦笑著，指指點點的比手勢，那情形真像是回到了無聲影片的時代，末了，一個更似「哭泣」的笑臉，結束了這一幕的演出。她滿懷惆悵的走出車站，將那張月臺票塞在收票人員的手中，但那擁擠在她心中的一些言語，卻無法由火車托運，也無法像月臺票似的，由一隻手收了去。朋友已經去遠了，連同那飄拂的髮絲，那一瓣落花似的苦笑……。

文菁吩咐計程車在住處附近停下來，她拭著汗，在鳳凰木的樹蔭下站住了。到哪裡去呢？這麼熱，風在到處揚塵，但是，卻找不到一家冰店，唉，只要有小小的一家冰店就夠了，一張竹椅、一杯冰可可，是的，一杯冰可可，用銀亮的小湯匙攪著，攪著，那泛著牛奶的白色的杯子裡，會湧現出一片落花似的笑……。

沒有冰店，倒有一家美容院，門口紅藍白三色的燈柱在旋轉著，旋轉著，形成了一串美的循環，玻璃珠穿成的半截門簾在搖曳著，有風也在搖，無風也在搖，珍珠簾捲一燈昏，目前不是傍晚，只有陽光，透過了路塵顯得有點曖昧的陽光，在照著那個發光的半截簾子，像是一陣喧譁的音響，簾子內傳來了收音機中歌仔戲的哭號，進去吧，頭髮上已沾了多少灰塵了。

室內，一個妖冶的女理髮師像燈柱似的旋轉個不停，她驕矜得像個女王，旋轉了好久，自一個吹風機下面將一個女子「救」了出來，那女子像是很疲倦了，拖著她那釘著閃光片的拖鞋，坐到一面大鏡子前邊，正好和文菁相對，兩人在鏡子裡打了個照面，那女子怪不自然的站起來一下，拉了一下銀灰花旗袍，更藉機會扭了一下腰身，銀色蛇一樣的腰身，旗袍蛇皮似的緊繃在身上。

年輕的女理髮師走了過去，一壁為她梳著那高高的雲堆似的頭髮，一壁問著：

「好幾天沒來了，忙嗎？」

「我出來的時候，還沒有人上門。」那蛇似的女人說著，雙手托著長長的垂到頸際的頭髮，愛嬌的搖了一下頭。兩點相當靈活的眼珠，魚兒似的在眼白中游來游去，眼白中泛著幾條紅絲，眼角，已隱約有幾道細紋。

門外，一閃一閃發亮的玻璃珠穿成的簾子外，有單車停下來時車叉子「砤哧」的響聲，一個花衫子的青年在揚著手向簾子裡窺探著：

「嘿，美月！」

蛇似的女人以沙嗄的低聲答應著：

「等等呀！還沒做好頭髮怎麼能陪你出去！」

旁邊一位正在等著修指甲的中年太太，望了望簾外，又望了望那銀蛇似的女人，然後獨自笑了起來：

「嘻嘻，嘻嘻……。」

為文菁洗頭髮的那個面目黧黑的小女孩，悄悄的俯在她耳邊說：

「那個太太有神經病！」

文菁以憐憫的目光向那發出笑聲的方向望去，那個太太又在扳弄著她自己的手在笑了：

「嘻嘻，嘻嘻！」

美容院裡的人越來越多了，地上到處都是髮夾子、碎紙片、剪下來的亂髮……。

文菁感到一陣燥熱，頭頂上的電扇在狂吹著，但卻變成一股熱風，吹得她的靈魂都要生煙了。她後悔不應到這裡來，她垂下頭，默默的思忖著：

「我該到冰店裡去，我需要一點清涼。」她喃喃的自語著，心中蓄積的那些言語，像是有著沉甸甸的重量，一直的往下沉，往下沉，像是要沉到地心裡去……鏡中的她已被洗頭的女孩戴上了一堆白浪似的泡沫做成的冠冕，那泡沫使她想到海，想到海水浴，以及海浪拍岸的情形，——一堆堆的碎在岸上的浪，像是落花。但是——

「那落花似的笑啊，也已經去遠了。」

她預備頭髮吹乾了以後，就趕快回去，回到她那間小屋的窗前，給才搭車離去的友人，將一些積蓄在心中的話都告訴了她，「免得悶在心裡發了霉或長了青苔」，她決定以這樣的句子結束了這封信。

「嘻嘻，嘻嘻。」患神經病的太太在鏡中斜睨著她，蛇似的女人魚兒般的眼光也游了過來，文菁抬起頭來向那壁上那面大鏡子望去，三對眼睛相遇的一剎那，似乎迸放出火花來。

「玲玲，玲玲……。」那個花衫子的青年在外面等得不耐煩了，不停的按著車鈴，催促那尾銀亮的蛇趕快出來。

神經病的太太的頭髮做成一座小型樓臺的形式，修尖了指甲，笑嘻嘻的走了出去，玻璃珠穿的簾子被拉扯開了，在她的身後盪漾著，湖水似的粼粼發光。

陽光更強烈，馬路上，車塵起處，更似是濃煙瀰漫，賣冰的小販狠命的按著他那尖銳的喇叭，美容院裡司洗頭髮的小女孩，將一盆水潑出門前，登時蒸發了，乾渴的大地在喘息著。

鳳凰木的花朵盛開著，迎著中午的太陽，變得更像火球。

文菁走出了美容院，俯在鳳凰木樹下，檢拾起一片落花。她預備將它放在信中，寄給那位友人，那有著落花般黯淡笑容的友人。她要告訴她：「我拾起了一片落花，也檢起那落花似的笑。」

沉默

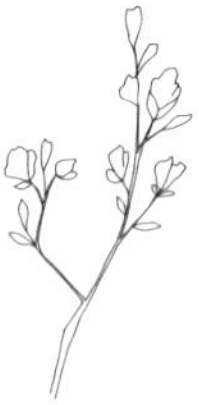

很久以來，我覺得自己是一張暗啞了的琴，即使是有意用指尖去彈奏，也發不出微聲了。

我愛寂靜，

我讚美沉默，

我欣賞無言之美。

也許是由於飽經哀樂，閱世已多，我覺得除了將自己嵌入沉默中以外，一切皆是多餘，一切皆屬徒勞。

有人說真理是愈辯愈明，而我則以為真理是不辯自明，如果還待人去逞口舌，喋喋不休的加以說明，那恐怕就不見得是什麼偉大的真理了，好花自然芳香，純金自然有光，那是無須再加什麼說明與詮釋的。

沉默、無言，所形成的又是一片何等高妙的境界啊。

無所不覆的穹蒼，
閃爍的眾星，
漠漠的原野，
巍巍的高山，
天際的微雲。

誰又曾聽到它們發出過什麼聲音，對自己加過什麼「註釋」？但當我們無言與之相對之頃，自會感到它們的奇麗莊嚴。

鮑參軍的詩，曾被認為俊逸無比，而他的「明月照積雪」一句，所以傳誦百代，無非因為他以極其平凡的字，表現出燦極麗極的清寂無聲的境界而已。

在喧囂紛亂中，我們常常會失落了自己，讓我們把握住天地間那股「沉默」的精神吧。如果生活中是一片疾管繁弦，那麼，及時在那樂譜上畫上一個休止符吧。

我們能使自己恢復寧靜，才能恢復冷靜，唯有在寂寥清靜的環境中，寧靜的情緒中，你才可以有暇使自己的心靈臨流自照，才能如康德般仰觀無言的星辰，而領略了真理的義蘊！

知音

一個拉三弦的人，躲在寂寞的牆陰裡，靜靜的拉著那單調的樂器；一隻鳥兒隱身在葉底，輕輕的試著牠的歌喉；一個作家獨坐在窗前，伸紙濡筆吐發出心靈的聲音……。

這一切都是為了什麼？

雪萊當年臥在拿波里港灣的海灘上，吟誦著他的詩句：可曾有一個人聽到了我？

瑪利．韋伯在寫著她的文章時，曾經嗟嘆過：這一切只是為了那在幽暗中能發出回聲的讀者。

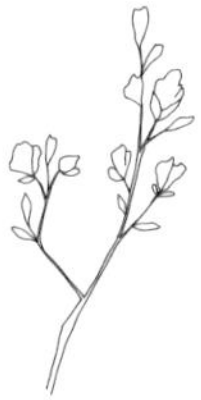

我們中國的古詩的作者，也有過這樣的句子：「不憐歌者苦，但傷

知音稀。」

西方的作家，在一本書的扉頁上，往往寫上那樣的幾個字：“To the happy few.”

詩僧蘇曼殊曾有一首詩，內容是：

丹頓拜倫是我師，
才如江海命如絲。
朱弦休為佳人絕，
滿腔酸憤欲語誰。

古往今來，多少詩人與歌者，所以要嘔盡心血，唱出心底的聲音，無非是為了少數的知音而已，如果心血嘔盡，而知音未遇，那真是悲劇中最大的悲劇了。

藝術作品乃是作者心靈的言語，充滿了真性至情，欣賞者也應以其心靈來接受，如此，才能與藝術家的心靈相遇於無間，而如兩顆星球一般，在相遇之頃，發出煊亮的光焰。

面對著一本好書，一幅名畫，一支妙曲，一篇精彩的講辭，我們豈能不以心靈接受而輕輕的將之辜負？世界上多有幾個知音，俞伯牙也不會擲碎他的牙琴了。

第二輯

詩・生活

我雖然近來已不寫詩，但是對詩我有著刻骨鏤心的愛好。也許可以那樣說吧：詩已成了我生活的一部分，詩已成了我自己的一部分。

我曾在給一個朋友的信上說過：

我自承是個毫無詩才的人，但我生性愛詩，嗜詩若狂，無論是哪個詩人的作品，只要我看到，就要仔細詠誦一番，我讀的文學極少，而詩冊卻佔了一大半，我慚愧自己迄未寫出一首像樣的詩，但對詩的熱愛，實給予我無限的快樂，不僅是「給予」，且往往將

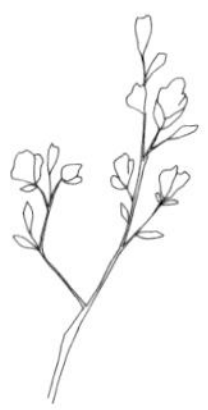

我無限的煩惱，變質為無限的樂趣。多少次，炎夏執炊，汗下如雨，我一手添薪，一手執著一卷唐詩，讀到王維的：

漠漠水田飛白鷺，

蔭蔭夏木囀黃鸝。

頓覺眼前展現出一片清涼界，暑熱全消，煩惱也全消。我更以詩滋養我自己的靈魂，治療我的憂鬱，我讀詩，我寫詩，我譯詩，往往是在我最苦惱的時候為之，但是，最苦惱的辰光，也就成了我最快樂的辰光。

詩的確形成了我生活的一部分，也成了我自己的一部分，我雖然寫詩甚少，且從未寫出自己滿意的一行，但當我聽到一位文友向我說：「由各方面看來，我覺得你可以說是一個詩人！」我默默頷首，並未現出愧色。我之所以貿然接受她這「詩人」的冠冕，並非站在寫作的立場，而是站在我實際生活方面：——

也許由於我的眼睛有點近視與散光的緣故，現實中的一切事物，在我看來總有幾分模糊。結果，我看世界上的林林總總，就有如隔霧看花，終隔一層。但只因為隔了這一層，一切在我的眼中就增加了幾分美，這一點點美感，就往往形成了我的快樂，一片雨後地上積潦，幾根將萎的秋草，一朵平凡的小菊花，會使我感到無限的愉悅，因此，我的淚珠也就化作草葉上的露珠，晶瑩的閃爍出快樂的光彩了。

昔日教我翻譯的一位老師，一日和我們談到「詩」的一段話，我也永遠不能忘記。

記得那是一個冬天的下午，在古城一角那位老師的雅緻書齋中，熊熊的爐火照著他灰白的鬢髮，他坐在爐邊，搓著雙手，以低抑而充滿了溫愛的聲音向我們說：

「在詩裡面，我最喜歡英國詩人蘭道的自壽詩了，你們還記得他那幾句嗎，那是：我不和人去爭執，因為，沒有人值得我和他去爭執。我愛藝術，其次，我更愛自然。」

我們默默的凝望著他，他那一頭蓬亂的灰髮；他那因長夜寫作而變得無神采的眼睛；他那雖然低沉但充滿了愛與力的聲音，為我們道盡了詩人的精神。一位良師的幾句話，可以使人終生受益無窮，他的這幾句話，對我實有無限啟發與激勵的作用。

是的，愛藝術，愛自然，是一個詩人的基本條件，詩人們自藝術與自然中去發現美，尋求真，以之充實自己，更「裝備」自己的心靈，一個心靈為真與美所浸透的人，再也不會為人與人之間無謂的爭執縈心了，在追求名利的人的眼光中價值連城的東西，不過如芥子之微，他不會為米鹽而爭吵，不會為雞狗而打架，只在淡泊的生活中，寧靜心理狀態下，去追尋他理想中的詩句，理想中的詩境。

這樣的一個人，這樣一個為詩所裝備了身心，滋養了靈魂的人，給一般人的印象將是「穆如清風，朗若秋月」，他是真正的博大，所以能夠涵容一切；他是真正的明智，所以能夠參透一切，此外，他更是真正的一位大勇者，故能猝然臨之而不驚，無故加之而不怒。在詩的陶冶之中，他的精神已與宇宙的精神合而為一，所以，一切微末的事在他看來不過如風吹影動，根本不值得付與注意。詩的作用，可以說是大極了，豈止是使人「幽居靡悶」呢。

寫至此，我不禁又想起我昔日寫的一段〈談詩〉：——

我們不必都成為終日吟哦的詩人，但卻不可不諳知詩的藝術。詩的藝術，也就是生活的藝術，將現實生活中的糟粕揚棄、濾過，只留下菁純，如此，你就會在醜惡中尋出了美，在苦中找到了樂，在現實岩壁上汲引出甘泉，在寂寞的深山聽到了音樂，如此，乃在空虛中發現了萬有。因了這個緣故，詩人不虞貧乏，且能夠忍耐孤苦，因為他有了詩乃有了一切。

實際說起來，他的貧乏正是他的富有，他的寂寞正是他與造物主，與全人類最夠接近的頃刻。那正是產生詩篇的理想境界。

寂寂人去後，

寒林日斜時。

此情此景，是夠淒涼夠寂寥的了，但在這樣的情景中，他正可以在心中醞釀他的詩，宛如一顆顆在桶裡的葡萄在慢慢的發酵，最後乃成了一盞「清光瀲灩的醉人美酒」。

吾師

我在古城讀書時，曾受到數位名師的教誨，而英千里老師卻是教我最久，使我獲益最多的一位。

英師教過我三年半，我聽他講授過「理則學」、「文藝復興」，和「浪漫詩人」以及亞理士多德的「詩學」。

他因為髫齡便赴比國讀書，後又轉往法、英，二十五歲時才返國，所以對歐洲風土人情了解極深，對西方語言文字，他不僅通曉其表面意義，且能探索其本源。因為路走得多，書讀得多，同時他又有極高的才智，來汲取各方面的知識，他的心臆中，就好像存有一套「萬有文庫」似的。三四十年來他教過不少大學，不論到哪裡，他始終是一位很叫座的教授。他講起書來，徵引繁富，妙語如珠，上下數千年，縱橫千萬里，好像沒有一個典故，沒有一件事物不可由他隨意拈來加以利用的。講義中的每個字句一經他加以詮釋，便像珍珠拭去了塵埃，璞玉經過了琢磨，只覺渾融圓潤，光澤晶瑩，至今每憶起他講的英詩人雪萊那首在拿波里海灣旁寫的詩，眼前猶似見到那海水激濺成的一陣銀星之雨，耳邊更似聽到海水輕柔拍岸，汩汩的如同微語。而他的智慧火花，也似在他講解的妙語中飛騰。

英師的講學，有如白香山的詩篇，明白淺顯，他並不炫弄所學，故示艱深。但在他那極其通俗的語句中，卻含蓄著人生的哲理，當年我們在課室內對這些道理，最多能了解二三分，因而也體會不出其可貴處，如今跋涉世途多年，得到鮮明的印證後，乃恍然悟出他那寶貴的啟示，當初聽來似是極尋常的話語，如今乃在我們的心上再度閃出精金般的光芒。前些時候，曾遇到新詩人余光中先生，他說他在臺灣大學讀書時，自英師講授的「英詩」中獲益最多，想無數的青年朋友也有同感。

英師是位和藹可親的長者，學生們都樂意和他接近，他無論走到哪裡，身邊經常圍繞著一大群青年人，有他教過的，聽說他抵達某地皆聞訊趕來；有他未教過的，也慕名而至。他也由衷的喜歡這些青年，和他們談話，從未露過倦容，他總是以亦莊亦諧的言語，為一些追隨著他的孩子們，指示一條正途，他的措詞是那樣的恰當而幽默，聲調又是那般的誠懇，充分的表現出他對他們的愛護，所以，即使是指責，聽者也會微笑著高高興興接受他的訓示。記得有一位同學，曾拿了一篇試寫的戀愛小說請他指正，幾天後，他將那稿本還給了那個同學，並且笑著向他說：「我想，你一定沒戀愛過吧？」這把那位同學問得摸不著頭腦，面紅耳赤，不知如何回答。看到那位同學的窘態，他吸了一口煙。靜靜的吐著煙紋說：「不然的話，你怎麼把那兩個熱戀中的情人的對話，寫得那麼文縐縐的咬文嚼字的？須知一些被熱情激盪的人，往往是結結巴巴的說不出句完整的話來呀，……尤其是像你寫的那段一個男孩子向女孩子求愛的時候。」他以這麼詼諧的口吻，為那同學指示出寫作上的謬誤，引起那位同學的微莞，也使他衷心的感佩。他這一段論「談愛情小說」的議論，可以在許許多多的文學名著中得到佐證，如屠格涅夫的《春潮》即是一個極好的例子。

我從未見過英師的面上有過憂愁的痕跡，生活在「涕泣之谷」的人間，誰的心頭不感到沉沉的重壓呢，誰又會沒有憂傷的辰光呢，只是英師從不願把自己的憂苦傳染給他人，增加他們心理上的負荷，所以，在高興的時候，他笑，在悲愁的時候，他也只悄悄在心上流淚，再自己悄悄拭乾淚痕。當他最鍾愛的長女孟昭死去時，他的中心受到極大的摧傷，但那天他並沒有哭，反而平靜的安慰悲泣的英師母及親友們說：「她這麼小的年紀就過世了，成年人的苦惱不會再沾濡上她了。」我們想像得出他內心的痛苦，他為了安慰別人，才故意說出這樣達觀的話。只有一個最富於感情的人，才最能深藏他的感情，惟有至情人才能作此無情態。

應付人生中的一些打擊，他更像一個哲人般的安詳鎮定，有一次在規定的筆錄他口譯「彌撒經文」的時間內，卻未見他到學校來，我想也許是他忘記了，乃帶了紙筆到他府上，敲開了他那座落在「真如鏡」胡同的住宅鐵門，老女傭引我到他家的正廳，只見他著了一件舊藍綢的棉袍，外套一件黑色的棉坎肩，面色蒼青，正和師母在爐邊對坐，兩人似乎正在談什麼，見了我，他們很親切的招呼我坐下，師母又拿了茶果來給我吃。英師說，他有一點胃疼，所以未到學校去。我說：「那麼翻譯經文的工作就暫停吧。」他說：「不，既然你來了，我們還是譯下去好了。」記得那天譯的是「太初有道」，那一段是天主教經文中最精彩也最深奧難譯的一段，譯完後，他仍一如往常，很風趣的談了一些文壇掌故，學人逸事。他們留我吃過晚飯後，我才帶著那篇譯稿回校。兩日後我驚詫的聽到，就在那天晚上，英師遭到日偽逮捕，鋃鐺入獄。原來他那些年正在日本軍閥鐵騎下的古城，從事愛國抗敵的地下工作。而我去看他的那天，他才得到了一個工作同志連同全部人員名單落到敵人手中的消息。他當時中心焦灼達於極點，但仍從容不迫的囑我如何試以韻文的筆調，錄下他口譯的那段情文並茂的經文，在他的言談及面容上，我沒發現一絲憂急的痕跡，他的修養，真是無人能及。

英師是非常喜歡鼓勵一些青年的，他的學生們讀書或寫作稍微有點成績，他便在人前讚不絕口，他不但「評人論事皆自好的一方面著眼」，並且還把一些青年學生一點點長處，「放大」來看，「誇張」來說，他那充滿善良與愛的心性，很自然的使他這麼做，別人往往覺著他過甚其詞，他自己卻絕不那麼想。我曾親自聽見他把國文系一位同學寫的一篇戲劇〈北國之冬〉譽為罕見的傑作，把另一位同學寫一篇分析心理的小說，比做擷茵．奧斯丁的作品。那位「傑作」的作者，那位「奧斯丁」，聽了這些溢美之詞，興奮得心跳，也羞愧得臉紅。他也許是希望學生們「成龍」之心太切了，所以才這般鼓勵，這份提掖的苦心，使他的學生們想起來就會感動得落淚。

他太愛護學生們了，不僅在心智上啟迪他們，並且還顧及到他們的生活，民國二十七——三十四年期間，北平陷敵，一部分家在自由區的學生們，因為匯兌不通，生活甚苦，英師常常邀他們到自己的家裡去吃飯，師母也常常為他們她們縫衣衫，做棉鞋，這樣愛護學生的老師、師母，怎能不使學生們感念不置呢。

英師今年已達六十高齡了，但精神仍然很好，健談如昔。前年秋天他因事到中部來，順便來我家小坐，那時他才因胃病動過大手術，面目略現清癯，他一坐下來便向我說：「醫生囑咐我，不能多講話。」但這兩句話，彷彿是一篇精彩大文章的小引，自說完了這兩句話後，他的談話就很少間斷過，我幾次想提醒他：「老師，你大概又忘記醫生的囑語了。」但對他那些感人的談話，實在不忍打斷，陪他同來的那位朋友，默默的和我交換了一個眼色，我們同時都笑了，他的心上那時定也和我有同樣的想法：「醫生不許多談話，尚且如此健談！」他走後，那些充滿了機智與風趣的句子，猶似在我的心頭繚繞，後來我想英師何嘗忘記醫生的囑語，只是不願以寡言少語，冷落了誠摯歡迎他的學生們罷了。他的言行，皆可作如是觀。

我離開母校已十多年了，真希望年光倒流，我能仍坐在那綠蔭遮覆的母校課室窗邊，聚精會神的聽英師講莎士比亞戲劇中最精彩的那一段——哈姆雷特王子的言詞：“To be or not to be, that's the question...”。

我的一位老師

有人說，人生最大的幸福，在於有一、二位良師，三數位知友，這個，我很幸運的都得到了。

在古城讀書的時候，我正開始走上文學的路子，終日摩挲著架上的文藝書籍，自己也沉酣在文學的美夢裡，我更剪集了不少中外作家的圖片，鬑鬑多鬚的雨果，面目姣好如同女子的雪萊，以及寬衣博帶，獨立蒼茫的李太白……，我每逢閒暇時，便凝望著這些文學大師的面影，低誦著曼殊的詩句：

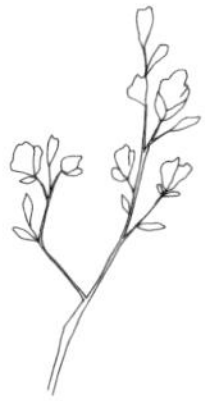

丹頓拜倫是我師，

才如江海命如絲……。

同時，偶爾看到一兩篇當代名家的動人作品，我便在字裡行間想像著作者的豐神狀貌，在我的意念裡，這些能以幾行墨跡在紙上表現出高妙境界的作家，必定是近乎神的人物。

有一天我讀到了一位作家的散文同小說，以及他的一些談文藝理論的作品，其中充滿了一股清逸之氣，我想不出他是一位什麼樣的人物，但覺得他是一位天資高曠，蘊藉深厚的人。

在一本文集中，湊巧我又發現了一篇描繪這位作家的文字，其中說到「他是一位沉默寡言的年輕人，滿頰的絡腮鬍鬚的痕跡，從不注意剪修，他的頭髮也蓄得很長，像一盆紛披的劍蘭。」從此，他在我的想像中，更成了一位與眾不同的「奇人」了。

當我考入了天津女師學院的前期師範時，聽得同學們說，那位作家就在師院擔任文學的課程，同班中不乏喜讀他作品的人，我們打聽清楚他的上課時間後，便跑到師院教員休息室門邊，列隊迎候。……鐘聲響了，許多教授都走了出來，末了，在那一群人當中，我們發現了一個不到三十歲的青年人，身材瘦小，面目清癯，滿臉的書卷氣，頭上紛披的亂髮，真如同劍蘭一般，他的面頰略呈鐵青色，我們幾個人都笑了：「那大概便是書上所寫的絡腮鬍鬚的痕跡了。」

等他走了過來，我們這一串小讀者便悄悄的跟在他身後，目送他走進了一間教室，我們多羨慕靜坐室內的那些師院的大學姊們啊，因了年齡知識的懸殊，我們只有被摒拒於課室的門外，竟無法聽到名師的講授。那位作家由我們這群孩子紅脹的面孔，痴呆的眼神裡，也許看透了我們的意思了，便微笑著以那麼緩慢而和氣的語調說：

「你們要進來吧？」

門外的孩子們面面相覷，不知所答，倉皇的鞠了個躬拔腳便跑，我們一邊跑著，更聽到課室內傳來那些大學姊們的譁笑聲，這一群自知識的陣線上撤退的小兵啊！

為了怕再重演那次「受窘」的一幕，更駭怕答不上那位作家的問話，我們再也沒有到師院課室前排隊的勇氣了，只更細心的研讀著他一篇篇的作品，希望有一日能夠學習到他文章的神妙處。不久，他好像也離開了那學校。

五年後，我在舊制的師範畢業，考入了古城的×大，在選課的單子上，我驚喜的發現了那個作家的名字，我選了他的功課。十年仰慕，一朝得列門牆，我是多麼的興奮歡忭，自己想：從此可以向他請教文章的作法了。

第一堂上課時，我發現他的面目異常的蒼老了，當年筆挺的藏青西裝，已變成一襲藍布長衫，頭髮似乎更為蓬亂，中間已夾有銀髮，濃密的絡腮鬍，蓬勃的為他的尖瘦下頦鑲起了鐵青的邊框，據說在以往五年的歲月，他曾演了一次情感上的悲劇，以致使他的外貌出奇的改變了，沒變的是他那一臉的書卷氣，同那緩慢而溫和的語調。他當然也認不出這個坐在第一排的學生，便是當年藍衣青裙和同班們列隊迎候他的小讀者了。

他教我們散文，也偶爾講到一些文藝欣賞上的問題，他的講課並不像他寫文章那般的娓娓動人。站在講壇上，他好像完全忘記了自己是一個蜚聲文壇的名作家，卻只像是一個初出茅廬的學生，有點羞澀，有點惶恐，好像就怕他的學生們失望似的，後來我們才明白，他是太謙虛，太誠懇，也太負責了，所以他才顯得那樣惶悚。實際上，他的講義極其充實、豐富，而只要肯仔細去靜聽，他的講授中，盡是些閃現著智慧奇光的字句，他最欣賞的一篇散文，是名散文家查理．蘭姆的妹妹瑪麗．蘭姆寫的那篇〈水手舅舅〉，他曾翻來覆去的為我們講解，教我們對其中每一個字句加以玩味，他說：「好文章是經得起咀嚼的。……這是一篇充滿了真摯情感的文字，而假一個小孩的口中道出，所用的字眼是極其通俗簡易的，然而，多麼親切有味……。讀外國人寫的文章和中國文章一樣，對一些抒情的文字你要用帶情感的聲音去讀，輕重抑揚，都要注意，最好的方法，就是去唱，輕輕的去唱，以你的心靈去唱，唱出作者的靈魂之歌！……」他說到後來，聲音低抑下去了，但那幽沉的聲音裡，似充滿了激動與熱情，——由最優美的文字引發出來的激動與熱情……。

課外我們有問題去問他，他也總是很認真的為我們講解，和在課室內一般的誠懇熱切，真可說是知無不言，言無不盡。他原是訥訥不善談吐的，每逢見了同學們成群結隊的來訪，總是臉上紅一陣，白一陣，然後，才鎮定下來，慢慢的打開他那不大好用的話匣子……，許多奇詞妙句，便慢慢撒滿了我們的心上。

他的本性，善良得無以復加，有許多地方，單純得像個小孩子，又慈祥親切得像個母親，而他的心中，實蘊有一股極其強韌的生命力。這股生命力，形成一道激流，向著真、善、美與智流溢了下去。

冬天的黃昏，一抹淡黃的斜陽照在那雅潔書室的白牆上，我們圍坐在熊熊的小爐前，他手中捧了一杯熱茶，縹緲的白汽，輕輕繚繞著他清癯的面孔，他那雙輕度的近視眼，像爐中的餘燼般閃發著微光，他興致好時，便批評到我們一些文藝習作：

「你們都很聰明，文字寫得相當流暢，常常有些很新穎的意象同文句，……但是，我要對你們說，只寫一些小草小花是不夠的，要往深處寫啊，使文字有了深度才會有雋永的味道，多觀察吧，多想想吧，……只浮光掠影的寫是不夠的。只那樣寫，好像只是用湖面上的水來洗頭髮，你不會知道潛入湖心游泳有多麼大的樂趣……。」說著，他也許意識到這些話會使我們掃興，話頭一轉，又談到他最欣賞的兩個作家，一個是吉辛，一個是赫蓀。他轉身走向書架，挪開了那一尊玲瓏的小銅香爐，抽出了那本赫蓀的著作，隨手翻到〈瑪麗的小山羊〉那一篇，挑了一段，為我們讀了下去。

那一段大意好像是說，那書的作者有一個小妹妹名字叫做瑪麗，養了一頭白色的小山羊，小瑪麗是個愛潔淨的小姑娘，常常用自己芬芳的香皂洗刷著小羊兒全身絲絨似的軟毛，更為牠在頸際繫上緞結，打扮得像買來的玩具一般乾淨可愛。那隻羊因為太幼小，也因為太寂寞，便將一些看羊的小狗認為同類，牠同一些小狗結了親密的情誼，有時候，牠竟然掙脫了小姑娘瑪麗的手臂，而乖乖的臥在地上，給牠那些疲倦了的小狗兄弟姊妹們作枕頭……。

那一段的確是非常優美的文字，充滿了孩童對小動物的情感，以及小動物間彼此的情誼，風光極其明淨，文字之美，有如音樂。……由他——那位老師——讀來，更使人感動，他的聲音，將我們帶到一個極其詩意的境界，我們聽得入神了，全室寂寂，只迴盪著他那流泉似的清音，天色更晚了，窗外絢爛的雲霞，為那淺色的窗簾鍍上一層更耀目的光彩，我們仰起臉來望著他，他的神情充滿了慈祥，聲音裡有一絲輕輕的顫動，像一只高貴的小提琴上一根欲斷的弦索，發出了那麼動人的音韻……。

忽然，他的聲調又提高了，像雨後新漲的溪水在激濺著：

「這段文字，多麼美啊，如果常讀這樣的文字，誰還會去製造一些罪惡呢？……」他啜了一口濃茶，又接著講了下去：「世界上，人們因為終日追求名利，而陷於痲痺狀態，忽略了宇宙間一切的真與美，我們讀文學系，不只是為了向名家學習文字的技巧，那是次要而又次要的事，主要的是透過了紙背，聽到了一些大作家熱切的呼喚，在他們的呼聲裡，我們慢慢的醒來了，大睜開靈魂的眼睛，看到了我們以前所忽略了的東西，於是，一個新的黎明展現在我們眼前，在這片清曉的光輝中，我們開始了新的生命……。」

他說著，那一向為淡淡的憂鬱所籠罩的面孔頓時開霽了，隨著他那感人的談話，展現出新的光輝，他那雙黯淡的眼睛，也似閃發著新的光彩。一種澈悟，一個靈魂上的黎明，也在我們這些聽者的內心開始了，我們仍然保持著沉默，但每個人都覺得他的話給我們的生命中，帶來了一個開花的春天，一個無影翳的清晨……。

談到如何利用時間來讀書的問題時，我們都在抱怨課程太忙，時間不夠，但他不以為然的搖搖頭說：

「你們的時間儘多著呢，譬如說，在你們洗臉洗髮的時間，在你們走路的時間，都可以利用，雖然不能端起一本書來讀，但是你們可以用那段時間來回憶讀過的書的內容，甚至可以背誦一些詩句，我走路時最喜歡讀華茨華斯的那一段『我漫步在陌生人中間。』你們為什麼不在散步時，坐校車的時候背誦古詩十九首呢，……青青河畔草，鬱鬱園中柳，……多妙的句子呵，一天背上十多句，想想，一年下來，你該默誦過多少首詩了？多讀書吧，孩子們，記得嗎，白日莫空過，青春不再來，只有一點淺薄的知識，的確是一件危險的事，真知才是善，同時也是美。」

暮色加深了，整個的屋子籠罩在一片蒼灰裡，他的老傭人為他燃著一盞很大的銅製的油燈，據他自己說，那盞燈還是他父親自德國帶回來的。他的屋子裡裝有電燈的，但他捨去不用，他說只有那幽暗的、朦朧的油燈光輝，才可以引起他的靈感，使他靜靜的沉湎在幻想與想像的夢境中寫他的詩和文……。他的這間屋子是狹隘的，有點像個鴿子籠，但是我們覺得其中充滿了溫暖，使人忘了外面冬日的峭寒，直耽擱到晚飯時候我們才辭別了他同他那雅潔的書房，踏著一地淡淡的月光回到宿舍，窗邊有幾位同學在試吹著幽咽的笛管，她們埋怨我們回來得太遲了。

晚上，我們到湖邊圖書館去，走過校園前那一座小樹林，只見有一盞小燈在其中閃閃搖搖的，像是一隻流螢，同學們說，這是那位作家老師在林中尋覓他的佳句，我們在林邊小立片刻，看那燈影漸遠，但誰也不敢走近他的跟前，怕擾亂了他的詩興，詩與美，原來是他孤零的生活中唯一的憑藉。

一位良師的教誨，往往使我們終生受益，在讀書寫作方面，老師的談話，為我畫出了清晰的路線，我要一直循了那個路子走了下去。

不見這位老師已好多年了，自大陸陷後，一直不知道他遁跡何處，我默祝這位愛真愛美愛智慧的學者早已逃出魔掌，生活在多陽光的自由地帶！

寄給蕾

天氣漸漸的涼了，陽光淺淡，月色發白，我反覆的於昨夕默誦這樣的句子：「今夜初寒」。不知山上秋光爛縵成什麼樣子了？有那麼多的竹樹圍繞著，山風該變得力微了吧？我常常在沒有事情的時候，默默的思憶你，不知每天迎著山風，披著斜陽，你沿著那山徑漫步時心中都想到些什麼？你看到了那山下點點的燈光了吧？其中有一點燈光，就是自我這小窗口照射出來的。

你已經下山來看過我幾次了，而我還未曾去看望過你，我在這裡每天凝望著遠處的那一座山，想像著山中人的一切。說到拜訪你，我想該以一種脫俗的方式，我將在一個黃昏，悄悄的走下那輛公共汽車，緩步

登山，我希望那時你已散步回來，正在窗前讀你的李長吉詩或是納蘭的詞，也許你正搦著一管畫筆，在描繪你最喜愛的草蟲？一片綠色漾現於你的紙上，也瀰漫了你的窗前，這時，我想最好就小立你的窗前，像那株無言的樹木一般，只向窗內凝視，而不驚走了你的畫意詩情，等你讀詩倦了，或是放下了畫筆之頃，我就像影子一般，自你的窗前挪移開，然後，走下山徑，再悄然的回城。我已經來過，且看過了你，那不已是很有意味的嗎？記得我曾經向你談到過，有一天我要到山上來看你，悄然而來，悄然而往，甚至連一杯芳香的龍井茶都不必勞你為我來沏。你當時聽了曾微笑著說：「這又是一種什麼樣的拜訪方式呢？」我說：「那是拜訪你這位美麗的山人最好的方式。」此刻，我們那天的笑聲猶似在我的耳邊迴旋。

知道我這些年來的勞瘁，你勸我超脫，又勸我執著。超脫一切，執著一端，亦即是超脫萬端，而把握住了一切，如此自然心定神凝，非任何外力所能震撼。你說得很對，我決定試著在心理方面有所轉變。有些朋友常常笑我，過分虐待了自己。我往往覺得自己就是一片廢墟中殘留的一根石柱，每日佇立於風中雨中，支持著那半傾的屋簷十分吃力。實際上，倘若我想像自己是一個過路人，靜立在道傍看風景，或想像自己是一株樹，一竿竹，在大自然中做一個點綴，內心自然會輕鬆許多了。我們常常因過分重視自己，而致增加了心上的沉重，看得開一些，也就無往而不自得。我自己不過是眾星中光影最微弱的一顆，發點微亮是我的本分，至於地上能否看到我的光華，全然不必去問，如此自然能安然懸掛於夜空的一角，靜靜的閃吐著自己的光耀了。倘能常常作如是想法，我的怔忡、心悸之症，也許自然就能勿藥而痊了。

昨天偶發舊篋，在一份變黃的校刊上，我發現了學生時代寫的兩首小詩，如今抄來聊博一笑？其一是〈歌聲〉：

悄悄的停止了
又輕輕的起來

歌聲，淒怨的，低抑的
引住
樹杪間
緩飛的
一片雲彩。

其二是〈雨〉：

一絲，一絲
……
疏簾外
又掛起
一道簾子
風中荷葉的傘底下

像有這樣的聲音：

「雨！雨！」

由這兩首小詩，我憶記了學生時代的生活，真是閃著快樂的光輝的生活！那時，我就是一個大自然的愛者了，我愛看天空，聽雨聲，在夕陽斜照的樓頭，遙望天邊那在一片紫雲中畫逗點的歸鳥，聽樓下有同學在吹著生澀的洞簫，我感到快樂，也感到哀傷，但那點哀傷裡，也似有一點點甘美。在落雨的日子，聽池水在雨下面細語，荷葉在雨點下應答，我常常試著用自己的心情，來翻譯大自然的這些聲音，我倚窗默默的想：「荷葉在向雨說些什麼話？池水又在向雨說些什麼？而雨呢，又在向屋簷告訴著一些什麼樣的故事呢？」我編造著，自我應答著，如是，寫意的度過了一個落雨的晨、昏。如今，我在課堂上試著教一些孩子們翻譯時，我也常常向她們說：「除了應用你們文字的知識以外，更要用你們的想像力，想像一下，原作者在此情景之下，他的心意是什麼，他要表達的是什麼，如此一來，你翻譯出來的，不只是呆板的文字，而是活潑、熾熱的感情！」翻譯天地間的創造精神，蓬勃生氣，以及一切的形象聲音成為文字，就是一個文藝作者神聖的使命之一吧！這說法是否正確呢，願就教於我山中的友人。

致友人書

吾友：

門外落著細雨，我坐在窗邊默默的向外凝望著，一絲一絲的雨將我帶回到過去的歲月中，也引至未來的日子裡。雨像是一道透明的簾幃，通過了它那發著奇光的流蘇，我的思憶、我的想像皆在展翅翱翔。自然，我的想像也將我帶到了你的門前，越過了蒼茫的煙水，我像是站在那一道短牆外，呼吸著雨後紫藤花的芳香，隱隱的似乎聽到了你同孩子們的笑聲，更似乎聽到你著了木板拖鞋，匆遽的踐著院中的積潦，應答我垣外的呼喚：「來了，來了。」我似在一把雨傘的下面，看到了你的笑容。

是的，我已有好多天未曾走進那一條幽靜的巷子了，我已有好久未

曾輕按那紅色門扇邊的門鈴了。但我忘不了那院內院外寧靜的氣氛，我忘不了點綴在你窗前的落花，我忘不了點滴在你簷前的細雨，以及那溫柔的燈光下，以及友人們爽朗的笑語，還有，可愛的孩子彈奏出來的動聽的琴聲，以及那氤氳在茶杯口的芳馨，縹緲於室中的薄荷煙的香息……。

我在寂寞的生活中，唯一的快樂就是回憶過去，想像未來，我每每不能把握現在，更忽略了現實中的一切，昨天在一本舊書中，我發現了自己在一張小紙上寫著：

回首涼雲暮葉，
黃昏無限思量。

紙色已經變黃了，至少也是在古城讀書時塗寫的了，這詞句是自納蘭性德的《飲水詞》中擷取下來的。自學生時代我就是《飲水詞》的愛好者，我喜歡它那一股難以形容的「鬱鬱蒼蒼」的色調，那一種悲涼感人的氣氛，這一本書，已陪我走了幾千里路，如今仍伴隨在我的身邊，在它的書頁裡，夾藏著一些自古城中採來的楓葉，好像是失去了的日子的縮影。每翻開了這本書，看著我自己在書眉上批的一些細字，似又看到了過去的年光在我的眼前閃爍。

納蘭的詞句新麗，每字每句中都蘊含著真摯的情感，流溢著無限的哀怨。他是一個有真性情的人，同時文才極高，所以任何一個詞句，都反映出他的悲喜哀樂，他的作品中山川雲樹，敗葉細草，莫不被描寫得真切生動，都成了他自己的代言人，向萬千讀者，吐訴出他的心聲，淺薄的人只看到他在那裡寫山川草木，而真正了解他的知音才能了解他的深意，我讀納蘭的詞多年，但自己仍不能說完全了解他，我只有慢慢的吟味他的字句，試著以自己的心靈來翻譯他的心靈微語吧了。這一點粗淺的意見，不知至友以為然否？

前幾次的來信中，承你殷殷的詢及我的近況，我皆不曾仔細的答覆，實在是這個看似易答的問題，在我卻有點難以下筆，我如果據實以告，怕增你們掛念，如我為了慰你的懷念說一些快樂的話，又怕有編造、失真之處，有負吾友的關愛，如今我可以說了，我曾經病了一些日子，如今已漸痊好了。說來也沒有什麼大病，只是心悸亢進，痛苦非常，我曾經遵醫生的囑告，每日只是靜居養神，書既不能看，字也不能多寫幾行，每日我只坐在走廊中的一把圓椅上，看雲彩、看夕陽、聽聽風聲雨聲，如是而已，另外我唯一的消遣就是看圖片了。我借來了一些書，其中有的是談建築及雕刻的，我捨卻了其中的文字，只像一個文盲似的欣賞著其中的插圖。我看到了希臘古代建築的神廟，我發現出陀里安式的莊嚴，伊奧尼亞式的優美，以及柯林特式的華麗。那些石柱，那些雕刻，都似描述著逝去了的光榮與豪華。我凝望著它們，似是在讀著一篇動人的歷史故事。這使我病中的光陰變得富有情趣。終於，病漸漸的離我而去。

近來不知你在讀什麼書？又寫了些什麼大文章？為什麼我好久未曾在報刊上發現你的大作呢？無論你的生活多麼繁忙，也盼你不要放下那一枝感人的大筆。從前我不大了解「筆生了鏽」這句話的意思，如今病了幾個月才完全明白了。長久不提筆會使文思枯窘，腦澀筆鏽，苦思半日往往也難以寫出一個完美的文句，來表達自己的心情及思想。所以我望你不要輕易放下了自己的這枝筆。當實在不想寫文章的時候，展開記事冊寫下你聽到的鳥聲、風聲，描寫一下慵然的日影，以及牆外小販的鈴聲吧。你無意之間勾畫出來的，也許是一首真正的詩呢。

寫吧，寫出你的悲哀，寫出你的歡樂，寫出你的理想、幻想、希望及回憶。世間的一切皆屬虛幻，只有文字也許是比較能傳諸久遠。

此刻雨已經停了，幾隻噪晴的喜鵲在籬牆上斷續的鳴叫著，陰雲散去，整個的世界被籠罩在明藍的天宇下。在數百里外那個大城中的你，此時不知是在做些什麼？你們那裡也有雨嗎？也許在你那裡仍是個大晴天，你正在陽光下曬你的書同冬天的衣衫？

有寄

好多天未曾寫信給妳，想妳同兩個寶寶都好。每個清晨，當陽光照上了龍眼樹梢，我的心靈就會神馳於遠方，我想到在那遙遙小城的一條大路旁，一個面帶笑容的母親，手拉著兩個帶著白圍涎的孩子，在一片淡綠的樹影裡，等待著幼稚園派來的接幼兒的車子。

時光過得真快，想起你才走出校門後，第一次到鄉下來看我的那天情景，宛如昨日。記得你去年在一封信上曾引了夏芝的一句詩：

當你年老、髮蒼，昏然思睡……。

這樣的日子再一些年當真就會來了，那時，我們兩人將一同坐在爐邊，撥著爐中的殘燼，望著窗外發藍的星光，閒話當年，那時候，才真是生命中最美麗的階段，我們的智慧在年光中成熟了，我們不再似少年時代的愚昧，世界在我們的眼睛中，一切皆變做透明的了，我們不再為了一個白日夢而苦苦追尋，我們只接受著一切，唇邊含著淡淡的微笑。朝霞絢爛，但是晚雲尤美，在那一襲色彩素淡的背景上，浮動著的是一個由絢爛復歸於平淡的生命，在老年，我們又尋找到失落已久的那顆純真的孩子般的心靈。

我們有時也會出去散散步，去探望一些我們各人曾經流連過的勝景，曾經棲住過的故居，那似乎都籠罩著一層朦朧的煙雲，過去的景象，宛如一幅幅淡墨的山水，在我們的眼前閃過，「我記得那一個清晨……」「我記得那一個黃昏……」我們搶著訴說著過去的事蹟，眼中閃發出微笑的光彩，但在一些年輕的孩子們聽來，則像神話一般的難解。

有時，我們在路邊會遇到一朵含笑的小花，它分明是我們舊時的相識呵，但是，它仍如我們初見時那般新鮮，為了它，我們在路邊停了下來：「你還記得我嗎？那時候，我們在你的身邊輕捷的跑著像風一樣，笑語連綿的灑落在空氣中，像雨一樣。」那朵小花點點頭，又搖搖頭，誰知道它要表現的是什麼意思呢？它要說的也許是：「我就是你們多年以前的影子。」在路的盡頭的古樹上，我們也聽到了那隻善唱而又愛唱的鳥兒，在它的聲音裡，我們又溫習了一次忘記了的歌調。

我說過，我目前是在一片秋光裡，我不再回憶春天，因為暮秋情調，不也是很可愛的嗎？以前，我是為了幻想活著，如今，我是為理想活著——我的理想是為我的生命下一個精確、完美的定義，質之女詩人我的說法對嗎？

小箋

一個清晨，打開窗子，看到院中竹籬邊有個白色的紙包，上面拴了彩色的絲絛。陽光照在上面，發出耀目的光彩。

我匆匆的走去將它撿起來，裡面是個鏡框，框中是一張名畫的複製品，還附有一封信：

今夕，是一個無星無月的晚上，一個陌生的孩子，徘徊在你的牆外，望著窗前垂垂的窗幃，祝福你——我未曾謀面的大朋友——有一個好夢。

是的，你並不知道我是誰，但我卻認識你，從你寫給一個叫菁菁

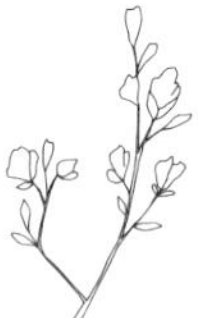

的女孩的信中，我熟悉了你的聲音，我也更以菁菁自命，我想像著自己就是那些信件的收信人。

真的，我不就是她嗎，她那樣的愛沉思，愛幻想，愛在無邊的寂靜裡，悄悄的編織她的夢。當然，世界上另外有一個或無數個菁菁，但我想自己也是「她」，那又有什麼妨礙呢？你笑我嗎，大朋友，你不覺得我是個怪可笑的女孩子嗎，寫到這裡，我也不自禁笑了。

你願我介紹一下自己嗎？我是一個才踏進大學門檻的孩子，我的家住在距此數百里的古老城中，在那古木參天的綠色里巷裡，我度過了我的童年，我幼年的伴侶是一些童話和一些故事書，它們將我生活的圈子擴大了，使我知道了庭院以外廣大的幻想，及現實的世界。讀中學的時候，我開始愛上了文學，但是，我那終年生活在海上，經營漁業的父兄，卻不贊成一個女孩子舞筆弄墨，我的母親也怕我因耽於讀文學書籍而妨礙了升學的計畫，大朋友，我要請你答覆我一個問題：愛好文學真的會妨礙功課嗎？請你寫一封信回答我，隨便發表在什麼刊物上，我想，我會設法找到的，你只註明：寫給一個陌生的女孩子就可以了。

我就這樣乘夜車來了，望一望那連人影也看不見的，在暗夜中發藍的窗玻璃，望一望那竹籬內睡眠中的花草，我留下了一張畫，一封信，同一聲祝福，悄悄的又提著行囊走了，願在晨光中醒來時，這隻冒昧的手留下的一份小禮物，不會引起你太大的驚訝。我知道你是一個喜歡孩子的人，我這種孩子氣的行為，也許不會使你嗔怪吧。

送上的一幅畫，也許是你所喜歡的，畫中有一道溪流，溪邊撩亂的生長著雜花，如同童話中的背景，溪上架了一道板橋，橋上有個孩子，正俯首下望，尋找水中的影子，你猜猜，我用這個孩子來象徵什麼人呢？水上是一片雲影，看不清楚有無一個人影在顫搖，你再猜猜，橋上那個孩子到底尋到她的影子沒有？這不是一個謎語，但卻像一個謎語。再見了，我的大朋友，願明晨我的信，我的禮物，都能為早餐桌邊的你，增加快樂。

那個鏡框，我如今已掛在我的桌邊，只是我的覆信如今仍未寄給收信人。我希望那個可愛的孩子能夠原諒我。

黃鳥・小孩

天才亮，小屋的窗前猶瀰漫著那片白濛濛的濕霧，媽媽便戴上斗笠，將才週歲的弟弟縛在背上，挑起了那沉甸甸的挑筐，上街賣青菜去了。臨行的時候，拍了拍阿仔的頭，叫他乖乖的蹬在家，媽媽賣菜賺了錢，過年的時候就可以給他做一件絨布的新衣了。

阿仔一個人坐在蓆子上，玩了許久那些缺口、有裂痕的破杯子，他感到煩膩了，蹲在地上，低著頭，自下而上的倒著去看那塊亮藍的天空，和在上面慢慢飄過的雲朵，呵，蠻好玩的，比坐著仰臉去看有趣多了。但不久他又感到煩悶了，天哪，雲彩哪，也都不會說話，他去找誰玩呢，小同伴們都上學去了，他揉揉眼睛想哭，忽然他的耳邊傳來一種清脆的

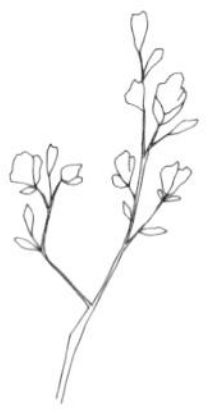

鳥鳴聲：「咻咻。」「咻咻！」

他歪著小腦袋傾聽著，尋求那聲音的來源：「咻咻，」「咻咻！」那聲音聽來似乎更響亮，更可愛了。並且，那聲音像是說：「來喲，」「找我！」他樂了，睜著小眼睛四下張望著：「咻咻，」「咻咻！」那聲音好似自後面院中那幾株大樹上傳來的呢，他赤著腳板，走了出去，像一隻敏捷的貓兒般爬到樹上，樹枝在他的手腳下發出了輕輕的微聲，樹梢才開的細碎的小黃花紛紛的落下來，灑上了他的兩肩同小臉，帶了很濃的香味，他一手抓著樹枝椏，一手拂去了落在睫毛上的花蕊，屏息凝神的去尋覓那隻可愛的鳥兒，但是，樹枝間空蕩蕩的並沒有鳥兒的影子，也沒有鳥巢，他焦灼的捲起了嘴唇學著鳥兒的聲音「咻咻，」「咻咻——」他聽見鳥兒也發出了回聲，只是好像不是在這樹枝間，卻像是在房子的那邊呢，但無論如何，聽到這聲音也是一種安慰，鳥兒在回答他呢。他匆遽的自樹上跳了下來，不小心折斷了幾根嫩枝，黏黏的淡綠色的汁液，染上了他的小手。

他跑到了屋子前面，焦急的又學著鳥兒的聲音在叫著，他心頭除了願意得到這隻鳥兒的渴望以外，更添了一種憂懼——唯恐這隻小鳥兒被別人捉了去，他躡手躡腳的又走到竹子門外。昨天一陣大風雨後，幾根電線都淩亂的垂到地上了，就在那幾根粗粗的盤結著的黑色電線上，一隻小鳥兒在那裡顛著小頭，翹著尾巴，牠的身軀大概只有一寸多長，是淺灰色的，頭上呢，則長著黃綠色的軟毛，最可笑的該是那一雙眼睛了，只那麼一點點，像個火柴頭，可是黑得發亮，牠以這一雙眼睛望著阿仔，一點也沒有驚懼的意思，並且，牠又向他打招呼了：

「咻咻！」「咻咻！」

「是你，」「是你呀！」阿仔可真樂了，一下便跪在地上，伸著兩隻骯髒的小手，撲了上去，小鳥一動也不動，只任著他來撲，這一來，阿仔倒有點不好意思了，一邊充滿了愛意的說：

「你好傻！」一邊將小鳥捧在掌心。

「咻咻！」小鳥也在叫了，牠好像在說：

「我不傻！」牠的小頭一顛一顛的，尾巴也一翹一翹的，身上的軟毛，就像波紋似的，發出了顫動，阿仔這時才看出，牠的一隻小爪是受了傷了，那嫩黃得透明的腳爪上，凝著一點變紫的污血。

阿仔乃將牠小心的捧進了屋子，在媽媽炊飯的那個角落裡翻尋了許久，找到一隻生鏽的鐵絲罩子，權充臨時的鳥籠，將鳥兒罩在下面，然後，他臥在蓆子上，伸開小胳臂，將鳥籠子攬在臂彎裡，他時而捲著嘴唇逗引著鳥兒：

「咻咻！」

「咻咻！」鳥兒也快活的回答著，轉動著那火柴頭一般又黑又亮的眼睛，更張開嫩黃的小嘴，隱約可以看出那細小的舌尖，阿仔望著牠笑，鳥兒也快樂的躍動著，好似也很快活。

快到中午的時候，媽媽回來了，她今天的生意不太好，挑筐仍然還堆著不少的青菜，她走進屋子，拭了拭額上的汗珠，看到蓆子上的阿仔和那隻小鳥兒，一絲笑意，突然浮上了她的唇邊：

「阿仔可乖，這是黃鳥兒，哪裡捉來的？」

阿仔揉揉眼睛，一骨碌自蓆子上爬了起來，將鳥兒捧到媽媽的面前：

「牠叫得可好聽呢，咻咻的，媽，你聽，牠又叫了。」

「鳥兒要吃蚯蚓呢。」媽媽說完了又匆匆忙忙的出去到親戚家借米去了。

阿仔記住媽媽的話：「鳥兒要吃蚯蚓。」他拿了一塊磚頭，壓在鐵絲罩上，以免鳥兒飛走，然後便又轉身走到後院，將堆在潮濕牆根邊那些破盆缽搬開，開始用一柄鏟子去挖掘蚯蚓，最後到底被他找到一條，那麼肥，那麼長的一條，比小鳥的身軀似乎還長一些，在那一堆爛泥裡蠕動著，像是一條繩子。

他呼嘯著，高高興興的將蚯蚓遞到小鳥兒面前：

「吃吧！」

小鳥兒真的餓了，張大了淺黃的小喙，好像要一口便將蚯蚓吞下似的，牠的頸部，急遽的抖動著，神情極其緊張，像是唯恐到口的美食被人搶走似的。

「慢點吃啊，蚯蚓比你還大呢。」阿仔很懂事似的囑咐著小鳥，又忙著拿一隻洋鐵罐子去為鳥兒接些清水來。

當他捧著滿滿的一罐水走回來時，小鳥兒已經倒臥在地上，那雙美麗的、火柴頭一般的小眼珠，也被封閉在眼簾下面了，旁邊的蚯蚓已經不見，大概是都被牠吞下去了。

阿仔把水罐兒甩在一旁，清水完全濺了出來，濕了他光赤著的腳板，他已顧不得去管這些了，他想哭，卻又哭不出來，他只是捧著小腦瓜思索著一個奇怪的問題：

「為什麼給牠吃的牠卻死掉了？」

半晌，他又把那隻變硬了的小鳥拿到後院，覆埋在泥土裡，上面壓了一只破花盆，前面擺了一根樹枝做記號。

當媽媽回來，問著他小鳥哪裡去了，他學著平日媽媽哄騙他的神情，用手指指天空：

「飛了。」

說完了他又低下頭，偷眼去看後院那只破花盆下面的濕泥，他的心中藏放著一個疑團，卻又不敢問媽媽，他不知道這隻小鳥之死是不是怪他自己，他又不明白他的過錯在哪裡。

愛之火

今天在高雄出版的一份週刊《善導報》上，讀到了一段消息，大意是說，由於連接義大利與瑞士的交通隧道已經完成，汽車可以通行，旅客們不復嘗到跋涉之苦，那服務於阿爾卑斯山道上「旅人之家」的教會修士們，即將離去，結束他們即將千年的「守夜」……。這裡所謂的「守夜」，就是說在這高山上風雪裡，守望巡行在暗夜之中，以幫助那些在風雪中迷路，或因遇到雪崩，而身陷銀色的重圍中的行客們，脫離險境，步上坦途。

我們都喜歡尋求溫暖，不耐些微的輕寒，只有這些偉大的人，為了實現一個崇高的意念，甘願離開溫暖的家庭與熊熊的燃燒著的壁爐，而

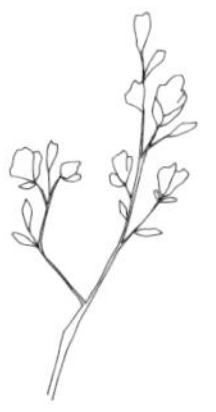

攀登千仞之崗，去到那荒涼空寂、海拔八千一百一十尺的冰覆雪埋的峰巔與崎嶇難行的山徑，一天一天，一年一年，時光的羽翼，在風雪中悄然飛閃過去，他們生活的佈景，永遠是那一堆堆峭稜的岩石，那些蒼老的枯樹，偶爾有一團的雪花，自枝梢落下，那在他們便像是春天的花朵了。他們冒著刺膚裂肌的凜寒，手執著閃閃的小燈，經常守望巡行於漫漫的長夜裡，一條長長的身影，像一條暗色的小溪，流過了山中處處，他們在呼喚著，尋覓著，救助著一些在大風雪中迷路山間的旅人，將他們引領到或背負到那一座矗立窮山間的「旅人之家」，在那裡，受到嚴寒襲擊的過客們，可以得到熱情的款待，可口的食物與充分的休息。

那一座樸素的房子，那不取分文的「旅人之家」，實不啻辛苦的行路人風雪中的一座舒適的行宮，首先建立它的是天主教的一位聖者聖勃爾那德(St. Bernard)，自從西元九百六十二年建造以來，到現在已經有九百九十五年的歷史了。在這將近千年的歲月中，地面上這塊大棋盤裡，已經發生過多少次爭殺的場面了，但這一座屋宇，始終屹立，並不曾傾圮頹壞，因為它不是以磚瓦木石築造的，而是以「愛」——對人類的大愛。

在這悠長的四十多萬個日子裡，那神聖的救助工作，更始終未曾中斷過，一批老邁的修士們的生命，在峭岩絕壁之上沒沒無聞的埋葬了，曾陪伴他們半生的冰雪，又在他們的墓地點綴上晶瑩銀亮的花環。這一些聖者是倒下去了，而無數的後來者又踏上了他們在雪地留下的清晰腳印。一些年輕力強的修士們，又訣別了他們平地上的父母親人，攀登上這高度八千餘尺的冰雪世界，他們自前面的人的手中，接過了那燃燒著的光燄通明的愛之火炬，……就這樣，一直傳下來，直到今日。那火炬照亮了多少迷途人的前路，也溫暖了多少人凍僵的手腳。而這些為人服務的修士們呢，在這白色的世界中，寂寞、寒冷、生活單調，沒有故事，沒有歌聲，沒有花朵來裝飾他們的青春，沒有榮名虛譽將他們的姓字鍍得耀人眼目。但他們卻是無比的耐心，無比的快樂。他們願意這樣寂寞的活著，謙卑的，隱晦的活著，他們已經得到了報償，那便是泛溢靈魂中的無限甘美，由救人助人而獲致的最大的安慰。每晚，每夜，他們在那裡守望著，巡行著，呼喚著，細心的護持著那輝煌的燃燒著的火炬，直到他們自己的生命，變成了那火炬的本身，給人以溫暖，以愛，發揮了人性中最崇高最美麗的部分。

另外聽說，伴隨在這些可敬的修士們身邊的，更有一些溫馴的大狗，——那些被稱為勃爾那德的犬的，這些可愛的忠誠的動物，在搜尋仆倒冰雪中的旅人的工作上，是很有幫助的。

我想，任何人看到了這些在冰天雪地中救人的工作，都會受到很大的感動，這卓越的行事，實地做起來，真是談何容易！相形之下，那些人是何等偉大，而我們是何等的渺小，我們只是寄生在地球面上的一些微生物，耐不得寒，受不得熱。只每每為了一些小小的得失，而寒熱大作，生一場厲害的瘧疾症。仰起頭來，望望那些雪峰冰岩吧，那裡一座建築的窗子中，閃發出那麼燦爛的光芒，像是天空中又出現了一顆新的星辰，那就是修士們建造的「旅人之家」呵，在那寶石般的光輝裡，生命的最真實的意義是被顯示出來了。

前面我們說過，因了阿爾卑斯山中，行汽車的隧道即將於今年的秋天完成，那些修士們就要離開那地方，但他們艱苦締造的「旅人之家」，——曾有許多生命在那裡復甦的「家」，卻永遠會屹立山間，屹立在人們的心裡。

那些走下冰封雪埋的阿爾卑斯山的修士們，將回到他們平地上溫暖的居處中去吧？不是嗎，誰說他們不應該享受平原上和風的吹噓，與葡萄園中的芳香呢，在過去的歲月裡，他們真是苦夠了。……我也認為他們應該回來的，但是，他們另有去處：——

寫至此，我又揀起了那份週刊，這短短的一段記載，比前面寫的一些更為感動人：「這些走下阿爾卑斯山的修士們，即將去到印藏交界的喜馬拉雅山，因為那邊需要他們的服務。……」

我只有擲筆嘆息……，我不知以什麼樣的言詞來形容這些走下這山，又爬上那山，為了救人助人而願終生與嚴寒挑戰，任冰雪沉埋的人們了……。

這是人類中的一些怪人，但只因為有了他們，人類才得代代延續不絕……。

歸

離家月餘，我又回來了。

我打開自己書室的門鎖，嗅到了一股霉濕的氣息。我隨手掀開了一本書，書頁上有一隻透明的蠹魚在漫步著，我不禁微笑：這一隻小小的蟲兒，可也在那篇頁上感到了中古時代的特殊氣氛了嗎？

書桌上，案頭日曆仍然顯示著「二月十日」那一頁，上面，有我臨行時匆遽間寫在上面的一行字：「將搭今日午後十四時三十分車赴臺北。」桌毯上，鋪著一層塵灰，像是一片最小型的沙漠田，一枝鉛筆斜臥在上面，其實是一疊稿紙上面只寫了一個題目。

我細心的拂拭著桌上每一件東西，同時，在心上向它們悄悄的道候

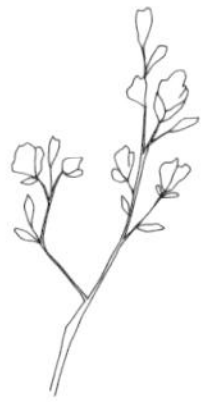

著，那盞檯燈被我輕輕的打開了，在晝光裡，它又向我張開惺忪的眼睛，閃出了溫柔的光輝，像是對我說：「你又回來了，我又將夜夜的陪伴著你。」我撫摸著燈邊那一枚海螺殼，它在燈光下顯得多麼疲憊、倦怠！那紫藍的色彩，猶似說明著對於海天的回憶，那絲縷般細緻的花紋裡，猶似刻鐫著它無聲的思念，我將它擎托在手，仔細把玩著，我覺得這枚玲瓏的蚌殼像一隻耳朵，一隻聽得懂靈魂的微語和心靈的歌曲的耳朵，我試著向它低語，靜寂中，我像是聽到了我自己的回聲。

我搦起了我的筆，它乾涸已久，在紙上竟滴不出藍色的眼淚來。我在裡面灌上了墨水，在一張紙上縱橫的寫出了無數的「歸來」的字樣，在那些字跡的背後，我依稀看到了許多熟悉的友人的面影，聽到了熱切的呼喚，我再睜大一點眼睛，一層山，一道水，一片霧，將那些面影、聲音，隔了起來，我才恍然，我離開她們、他們已經幾百里了，我是仍然坐在斗室寂寞的小窗前。

我轉過身去，打開了我的旅行箱，幾張照片、一隻花缽、一隻綠線織成的手袋，呈現在我的眼前，是在巷口嗎？是在車站上嗎？我又聽到那溫婉的叮嚀了：

「寫信來！」

「看見照片就像看見我一樣！」

「看見花缽就像見到我一樣！」

「綠色的手袋裡裝的是我們這裡的土產，帶回去吧，連同我們的友情！」

一束半萎的花自箱底一本書後面露了出來，枝柯間猶繚繞著淡淡的芳香，這不是花香，這是永遠存在的友情。我闔上箱子，悄然四顧，頃刻間，我覺得我帶回來很多的東西，這些東西永遠充盈於我的心懷！

馬槽邊的小羊

古城的十二月末，天正飄雪，一片片的雪花若不經意的飄落下來，沾在我們校舍淺碧的琉璃瓦上，因為氣候不夠寒冷，飛落上去不多時，就溶化成一滴滴水珠，亮晶晶的綴在簷際。那些落在地上的雪片，溶化得更快，轉瞬間，乾焦的地面就變得濕潤潤的了。

我最喜歡落雪的日子，我愛在那被雪水浸軟的地面上散步，數著印在上面的清晰腳印，當我冒著雪走近音樂教室時，耳邊更傳來一陣陣聖誕歌聲，是那位義國的修女又在指導聖樂合唱團中的同學們在練唱，歌聲是莊嚴的，聽來極清楚的歌詞，彷彿隨著雪花在緩緩起舞，正是聖誕節的前兩天，這歌聲、這雪景，不知為什麼卻引起了我濃重的鄉愁，我

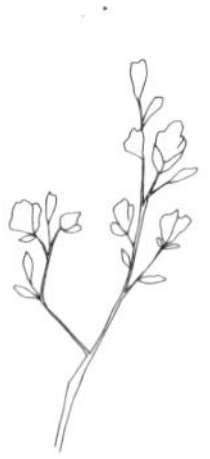

想起了故園的景色，那些杏樹上如今也該點綴著雪花了吧，當寒風吹掠過窗櫺時，父親、母親是不是正思念負笈古城的女兒呢……。

我那麼想著，不覺將足步放慢了，走過我們學生的「遊樂室」時，我為那熱鬧的情況吸引住了，修女們和一些同學歡欣而匆忙的走出走進，室門大開著，上面擺滿了綵紙、花燈、閃亮的燭臺……有幾個校工正忙著將一盆盆的矮小翠綠盆栽的松柏樹抬進室內去。

我是才來此未久的高一插班生，這是第一次逢上學校歡慶聖誕節，當時，對一些宗教節日的意義及慶祝的方式還不大明白，我遂擠在門口看熱鬧的一大堆同學中，問著那個翹足延頸向裡巴望著的李珊：

「她們在做什麼呢？」

「幫助修女們佈置聖誕馬槽啊，要不要進去看看？你瞧，你的好朋友孫宛宛也在裡面呢，她還沒有領洗呢，怎麼也夾在裡面湊熱鬧？」李珊指著室中一個長頭髮紅面頰的女孩子對我說。

孫宛宛比我高兩班，是高三的學生，有一張渾圓的面孔，她並不美，但眉毛、眼睛、嘴巴卻配合得那麼勻稱，好像她的眉毛再長一些，眼睛再大一些反而沒有這麼可愛了，同學們都說她長得很「生動」，因為她極善於表情，她的一個盼睞，一個微笑，就能把她的心意表現出來，她的心地善良，對我極好，如果說她還有缺點的話，那就是她太任性了些，她願意做什麼就做什麼，全然不問那事情是否得體，所以修女們常常說她的本質像一塊玉，不過，是一塊需要雕琢的玉。

我也看到她在室中了，她正在低頭擺弄那馬槽旁邊的小動物呢，我不願打擾她，就向李珊說：

「等著她們佈置好了我再來看吧，等會兒你看到孫宛宛就告訴她一聲，叫她有空到宿舍來找我。」說著我就走了，去看一位老師，請教課本上的一個難題。

下了晚自習，我自圖書館回到宿舍，適逢週末，同屋同學都回去了，屋內顯得格外冷清，只有昏黃的燈光照著我映在牆上的影子。忽然有人在拍我的肩膀，回過頭來見是孫宛宛，一綹濃黑的額髮掩遮住她的眉梢，她向我柔聲的說：

「同屋都回家了，你會更寂寞了吧？」說著她塞到我的手心裡一個紙包，然後，向我神祕的笑了笑，悄悄的走了。

我湊近燈光，迫不及待的打開了那個紙包，是一隻瓷製的小羊，連頭帶尾只有一寸長，身上的羊毛形成一個個的小鬈，可愛極了。我隨手就將牠擺在書桌上。

不多時，孫宛宛又來了，她望著站立在我書冊前的小瓷羊笑著說：

「你喜歡牠嗎？」

我高興的跳到她的面前：

「謝謝你，這小羊真太可愛了。」

「不過，你最好不要把牠擺在桌子上，會被那打掃宿舍的粗心大意的李媽打破了的。把牠擺在抽屜裡吧。」

「好的。」我一邊回答著，一邊拉開抽屜將那隻小羊擺了進去。孫宛宛又望著我神祕的一笑，然後，說了一聲「晚安」她又走了。

一連好幾日，我每逢下了課就拉開我的抽屜，向著那隻小羊親切的問候：

「小羊，你悶吧，小羊，要吃青草嗎？」

我的小羊立即引來了一大堆觀眾，她們圍繞著我同牠，成了一個半圓，同時，都異口同聲的對那小小的羊兒發出了讚美，有幾個活潑的同學竟叫起來了：「咩咩！」

我深愛著這隻小小的羊兒，我更感謝孫宛宛的深厚友情，與這隻小羊相對之頃，我便感到極大的快樂，牠沖淡了我的鄉愁！

一天課後，才吃過午飯不久，孫宛宛也在我的宿室內聊天，忽然校工在窗外喊我，他說訓導處的伊瑪庫拉塔修女叫我，我聽了不覺一怔，轉過頭來向孫宛宛說：

「奇怪，訓導處修女叫我有什麼事呢？」

她也有點莫名其妙：

「大約是有你的掛號信吧？」她像是和我同樣感到困惑，她的面孔似乎更紅了一些：「你去吧！」她站起身來，離開了我的宿室。

那一道走廊，那一條石徑，顯得比平時更長了些，我終於氣喘吁吁的小步跑到了訓導處。那位高大而和氣的修女正像一座小塔似的立在那裡等我，她叫我坐在櫈子上。……幾分鐘過去了，她一句話也沒說，靜寂，可怕的靜寂，竟像是有著沉甸甸的重量，壓在我的頭上，我終於忍耐不住了，我站了起來：

「修女，叫我有事嗎？」

她「呃」了一聲，一雙深邃的淺褐色的眸子向我凝望著，好像要透視到我的心靈深處：

「我知道你是一個最守規矩的好學生，我只是問問你，聖誕節前兩天的那個晚上，放在馬槽前邊的一隻小瓷羊不見了，那不過只是一件小東西，但是，我不願意這個小東西影響了一個學生的品行和道德，你知道，如果拿了不屬於我們的東西——一根針或一塊黃金，都是犯了同樣大的錯誤！」

她用著生硬的國語講著，她的淺褐色的眼睛一直凝望著我，我的心在撲撲的跳，我想起了我「藏」在抽屜裡的那隻小羊，一定就是「牠」了！

我講出事實原委來嗎？孫宛宛送那小羊給我，完全是出於深摯的友情，天寒歲暮，她明白負笈他鄉的我滿腔的愁緒，她要安慰我寂寞的情懷。我不講出來嗎？面對著這樣一位慈祥而智慧的修女，我怎忍隱瞞不講？我分明知道那隻小羊的下落，牠此刻仍然安安穩穩的睡在我的抽屜裡，——牠睡在一隻裝錶的紅絨小匣裡，上面，孫宛宛和我還為牠鋪了一層薄薄的棉絮！——但是，怎樣講法呢？說是孫宛宛，我不願；說是我，我不甘。……我中心無主，呆呆的站在那裡，大張著眼睛，一動也不動。

修女銀鈴般的嗓音又在我的耳邊響動了：「講啊，我們不會責罰那個拿小羊的人的，我們最喜歡誠實的好孩子……。」

我幾乎要哭出來了，講吧，不過，我不能出賣最愛我的好友！

「修女，那小羊是我……。」我囁嚅著才說到這裡，訓導處的窗外有個人影幌動了一下，一個黑髮斜掩著眉梢的頭探進來了，是孫宛宛！

她一下衝到修女的身邊，以急促的語調說：

「修女，那小羊是我拿的，我那天幫著你們佈置馬槽，我看到那隻瓷製的小羊太可愛了，我知道張秀亞最喜歡小物事，就拿去給她了，免得她整天發愁，想家……，請你責備我吧，別責備她！」說到最後一句，她幾乎哽咽不能成聲了。

她的一番話使修女深感詫異，也深為感動，她望望我，又望望孫宛宛，她那閃亮的淺棕眼珠，也似浸在淚水中了：

「怎麼，孫宛宛，你在窗外面聽到我們的談話了嗎？」

眼睛微紅的宛宛點了點頭：

「我聽到你派校工喊她，我就覺得有點不放心，等她進來以後，我也悄悄的跟了來了。」

修女伸開她那藏在寬大藍嗶嘰袖管中的手臂，一隻搭在孫宛宛的肩上，一隻搭在我的肩上：

「孫宛宛，我原諒你，你就是那隻失掉了又找回來的小羊！」

這件事發生在好多年前，正當我讀中學的時候。至於那隻小羊呢，修女說仍由我保存著，——牠至今仍靜靜的睡在我的抽屜中。

快樂痛苦

快樂是每個人所努力追尋的，

痛苦則是每個人希望避免的。

但是也有一些人有意的迴避快樂，甘願斟滿了自己的苦杯。

在法國的里脩，有一位聖女德蘭 (St. Teresa of Leiseux)，她看破了世間的一切快樂終將迅速的消失，並且，只有嚙破了那籠罩著我們的，脆薄如肥皂泡的虛幻的快樂，我們才能更清楚的看到了真的面貌，接近了偉大的理想。這種想法做法，無形中影響了我，在一天的日記中，我曾有那樣一段記述：

每日我幾乎都要受些小折磨，好像原來的大十字架上又生出一個小十字架來，我應該為了不勝負荷而怨尤嗎？不，每當背上的重量增加，心上的傷痕增多時，我反而應該充滿了感謝與微笑，因為那證明造物主又在剔削我這枝吹不出聲的蘆管了——一剔，一削，又是一剔，一削，呆笨的笛子，牧童等待著吹奏你呢，怎麼還不成調啊，柔弱的笛管，不成器的植物啊！

我更曾說過：

一個平凡如我的靈魂，有如一隻陶土的杯子，樣式既不美觀，質地亦復粗劣，而苦酒的激灩清光，更增加了這土杯多少光彩！

故雖處逆境，亦能順受。

我們每天編織著生活的花環，實不應專挑一些喜樂的玫瑰穿綴其上，我們更要採摘那憂鬱的紫鈴蘭，以及那悲哀的黑色鬱金香，如此我們的花環纔能各色雜陳，顯出不同尋常的美。

聖女德蘭的自傳中，有許多表現她熱愛痛苦勝過快樂的句子，午夜展讀，幾番感動得我熱淚盈眶，在她自傳的一章中，她曾說過，希望世間一切的喜樂，在她的心目中皆轉變為痛苦。她更以那樣感人的句子說：

雖然我對痛苦的深義並未完全了解，但受苦的念頭確有使我狂喜的力量。啊，是的，我受過苦，但未愛過苦，現在，我已真正的感覺出它對我有一種吸引力了。

多麼深刻動人的句子：——

我受過苦，但未愛過苦！

世間無數的人皆有受苦的經驗，但能擁抱住這份痛苦，且熱愛這份痛苦，使之轉化為生命之美與力的，卻並無幾人！

當人生不可避免的苦難來臨時，讓我們張開手臂勇敢的接受它吧，我們要熱愛痛苦，勝過快樂，因為，只有痛苦才使我們更智慧、更堅強、更接近了偉大的理想！

笑

這些天一直是陰霾天氣，間或有陣陣的風，並攜帶來絲絲的涼雨，塗在天地之間的顏色，彷彿只是一片深淺不同的灰色。我渴望著看到一道日光。

在黝暗的書室中，我捻亮了燈，默默的唸誦著描寫日影的詩句，但是沒有用處，一片蒼灰遮覆在我的心上，拂拭不去。

入夜，風更強烈，雨更狂驟，那風那雨，宛如吹落在我的心上，我不敢想像牆角那一株紫藤花的命運，我才移植來未久，稚弱的它，如何才能在這多風雨的可怕佈景下，做一個英勇的角色呢？

黎明之前，風雨聲漸漸的停止了，隔著疏籬，一聲聲傳來了鄰家的

雞啼，那聲音也像被雨水濡濕了。我望著那灰濛濛的天空自語：

「誰知道今天是個晴天呢，還是又會接著落雨？但不管天氣的晴陰，我自己要振奮一些了，我要微笑著看這個風雨中的世界。如果我們能掃除去心底的陰霾，望著這個灰暗的世界笑一笑，人與人之間也能釋卻了嫌隙，而互相對望著笑一笑，那世界上將現出多少輪美麗的小太陽啊。」

想到這裡，我不由得憶起了好多年前讀到的一本書，一本非常可愛的小書《秋天裡的春天》，好像其中有一個角色，名字就叫小太陽兒。

我披起晨衣，走到桌邊，嘴裡低聲的唸誦著：小太陽兒，小太陽兒……，我想，這四個字是一個很好的題目，可以用來寫成一首詩，畫成一幅畫，甚至可寫成一篇小說。

漱洗畢，我泡了一杯釅茶，坐在窗邊的長椅上，照例又上我清晨的第一課——「默想」，當我低著頭默默的思索我的昨日，計畫我的今天之頃，突然像有一些光點在我的眼前閃耀，我抬起頭來，隔了窗子，我看到院中一根晾衣的青竹竿兒上，掛著一排整整齊齊的水珠，誰知是昨夜的雨，還是今朝的露？那些鮮活晶亮的珠顆，映照著對面射來的初日的光芒，幻成一盞盞的小燈，聖誕樹上彩色的燈球一般燦亮，且因視線的角度不同，而現出虹一般不同的顏色。我當真微笑了，向了那些小太陽一般閃亮的水珠。它們也在向著我微笑呢，雨後的世界也在向我微笑呢。

我四下裡望望，左右鄰家門窗緊閉，附近悄無一人，這奇麗的大自然微笑，只有我一個人欣賞到了，我不知為什麼，有點欣然，更有點悵然！

第三輯

一年來

外面是一個靜寂的春夜，喧囂的世界在假寐。我悄悄的起來，捻亮了檯燈，……我拿起了筆，展開了紙，啊，這還是今年我第一次拿筆，我沉默得太久了，模仿昔日一位文藝工作者的口吻，我可以說：一年來我是有意的將自己「貶入」沉默！

是的，沉默！沉默對我不僅是重要的，而且是必要的。在沉默中，我放下了筆，閉起了口，睜開了心靈的眼睛，我仰首望著頭上的眾星，低頭觀覽著一些充滿了智慧的書頁，同時，我更抽暇按了一下自己的脈息，做了一年一度的自我精神上的健康檢查，在日記上，有我逐日的紀錄。

在幽靜的暗夜，我站在關著的玻璃窗前，以空虛的心靈，來迎接那閃爍的星辰！環顧四周，一切都睡去了，星點變得格外的晶亮，我不禁想到格倫在巡遊太空時所見到的：——一顆顆的星星，似向著我奔躍而來，發出無聲的歡呼。

看著星，我想到一個哲人所說的話：

在我頭上者，閃爍之眾星；

在我心中者，道德之法則。

海藍色的天鵝絨一般夜空，做了這兩句名言的背景，一點點的星光，闡明了這兩句的義蘊，我凝視復凝視，不覺心跳加速，清淚盈睫，大自然並未向我說話，但是，它美妙莊嚴的表情，卻比言語更為有力。

當星影沉落，我離開了窗前，趁著微明的曉光，我細讀一些智慧的書頁，一位異國女子的自傳，感動我最深。這位二十四歲便謝世的、才華卓越的少女寫的書，使我嘆賞讚佩的，不只是她的文字，主要的更是她生活的態度。

在書中她說：她要向造物主表示愛意的方式，就是散花與唱歌。她的花片與歌聲，原只是個象徵。花片，就是為了安慰他人而做的一些小小善行與犧牲，——她要向了那個哀愁的人做個笑臉，她要為了這個需要幫助的人盡一臂之力，這一切，都是以愛為出發點。她要在愛的精神中苦一切之苦，而樂一切之樂。最感人的是：假如她必得在荊棘上採花時，(那意思是將自己椎心的痛苦，化為臉上和悅的微笑。）她也要唱歌，讚美一切的頌歌。她的超越常人，難以企及之處，就在於：

棘刺越是尖利，

歌聲越是柔美。

當她的纖指為尖利的棘刺所傷，她將淚隱忍在心中，而使人家看到的只是她的溫和笑容，聽到的只是她的美妙歌聲。

這精神使我感動深深，讀完了這本書，我在日記上寫下了那樣的句子：

在人生中遇到的一些小憂苦，正是現實使我這塊頑石成器的一斧一鑿；正是使這根蘆竹成聲的一劈一削。一隻陶土製的酒罇，質地粗劣，形式也不美觀，但洋溢於其中的苦酒，瀲灩的清光，會使這酒罇增加多少美麗與光采！

在靜思、讀書之餘，一年來我也重新檢視過自己的一些小篇章，我多麼願意倣效那個作曲家霍文納斯，將自己寫的一千支曲子盡行燬棄，然後，從頭再來。創作之所以為創作，就在於作者永遠感到不滿足，永遠去創造、更新。我覺得寫作一如其他的藝術工作，是一場恆久的精神上的戰鬥，暫時的失敗原不可避免，但一日日的戰鬥下去，我們自會一步步的接近了勝利——形式上的完美與內蘊的充實！

一年來，我的窗子與門扉緊緊的關閉著，自外面看不到一點動靜，聽不到聲音。

「屋子裡沒有人嗎？」曾有好奇的過客這樣問著。

「有人，只是她一年多以來就將自己關在屋子裡，還不曾出來過。」好心的鄰女這樣回答著，「自前年冬天她就要冬眠了，好長的冬眠啊，春天都來過兩次了。」

是的，我在屋子裡，一扇關著的門，兩扇關著的窗，使我暫時與這世界隔離開。但是我忘不掉外面的一切，在這暫時的與世隔絕的生活中，我只是在默默的思索著：如何能使自己活得更有意義一些，使自己的心靈更接近世界，使自己的小小篇章形成了一個個的環節，使心靈與心靈之間，密切的結合起來。

是的，春天已到這世界上來過兩次了，我該結束了我這冬眠似的生活，免得為那位鄰家女伴所笑：「好長的冬眠啊。」

我打開了窗子，我聽到了遠遠近近的友人們親切的呼喚。我笑著，輕輕的說：

「在陽光下，我要走出來了，日曆上驚蟄期早已過了。」

我與文學

我之得以接近文學，一方面是由於後天的環境，一方面是由於天性的愛好。

六歲以前，我完全是在故鄉度過的，我的故鄉古稱「渤海」郡，但經過了長時期的地質變遷，那地方形勢乃有極大的變化，所謂的渤海郡，卻和海水有一段遙遠的距離了。只在縣城東北還有一座古廟，上面的匾額是：「望海寺」，同時，由地面上浮現的一層白花花的鹽鹹痕跡，可以想像出當年那片浩瀚的煙海。因為這地方是由「滄海」變成的「桑田」，土地極其荒瘠，不適於種植，民生極為困苦。但在長久的痛苦煎熬中，居民皆養成了一種「苦中求樂」的精神。初秋時季，每家自大地之田那裡領受那份菲薄的賜予，成袋米穀，半車新麥，這些誠樸的心靈便感到極大的滿足。將禾場掃得乾乾淨淨的，將收成送進了倉囤，田間事了，在促織嗚喚的涼爽秋晚，常有一些「不學而能」的村中天才歌手，撫弄著他們的弦琴，在一堵土牆旁，幾株葵菊邊坐了下來，引吭高歌他們的即興小曲，那曲子的內容，有的是取材於坊間流行的唱本，有的則完全出於他們的虛構，更將當地的環境景色，前幾代的人物，交織其中，鄉人們都圍坐在他的身邊，手中托了一根旱煙管或是搖著一把拍蚊子的蒲扇，靜靜的聽著這位村野音樂家兼詩人唱了下去。那聲音像一道活潑的溪流，忽疾忽徐的流漾進人們的心坎。在這些聽眾當中，有一個小孩子，偎在那花白頭髮老女傭的身邊，一聲也不響，她聽得入神了，她時而仰起小小的頭來，望著滿天的星月，時而又低下頭凝視著足邊那漸黃的秋草，那個村野音樂家的響亮歌喉，將她的心靈帶到一個遙遠的境地，告訴她：世界上除了這個村中的狹隘街巷，竹籬茅舍之外，還存在著另外一種東西，但那東西是什麼呢？她開始追尋，夢想了……。

由於這些歌手引起了我的興趣，我開始去搜購一些坊間的唱本來讀了，那些印刷得極其粗糙的小本子中一些生澀的字句，不是我當時所能了解的，但我仍興趣盎然的讀了下去，而當那年春節前，父親自行唐任所回來時，發現了我那厚厚的一疊小冊子，他說那不是我應該看的，將它們完全燒掉了，我感到十分傷心，但以後不敢再買了，只去撿姊姊讀舊了的「女子修身」來讀，我一邊欣賞著上面畫的那些寬衣博帶的仕女插圖，一邊讀著那簡短的課文：「班固著《漢書》，未竟而卒，其妹班昭續成之。」另外，母親更不時為我吟誦一些唐人的詩句及元曲小令，使我的心靈接受到一些滋潤。

不久，全家遷居天津，哥哥入了津沽附近鄉郊的一個初中，在校中膳宿，放假回來，總帶來幾箱子書，我在其中發現了兩本文學書籍，一本是《前夢》，書的作者我已忘記，一本便是廬隱的《海濱故人》，前一本書，不知為了什麼緣故哥哥不許我讀，後一本，他卻大大方方的借給我了。

我捧著那本書，心頭洋溢著無限的歡樂，吃飯時，一手撥著飯，一手掀著書頁，睡在床上時也讀，書中的故事，在那個讀小學的孩子的腦中，展現出一片新鮮而綺麗的境界，故事中那些人物的名字：露沙、宗瑩、玲玉、蓮裳……，在我也似有無限的魅力，書中的那些美麗而又活潑的青春女兒們，她們忽然來到海邊，對著蒼茫的大海談笑放歌，忽然又在星月之下，望著深邃的夜空而沉思，這些人是在我的生活中從不曾遇到過的，她們是些仙子嗎？掩上書本，我開始幻想了，世界上真有這樣的一些女孩子們嗎？如果真的有，她們又在什麼地方呢？是不是每個女孩子有一天都可像她們一樣，說著一些人所不懂的話，發著一些人所不解的嘆息，我開始希望自己有一天也和她們一樣……，由於讀了這本《海濱故人》，那狹小的生活圈子，在我竟成了一個枯燥的沙漠，我開始渴望著一片淡藍色的海洋。

後來，我又在哥哥的書架上發現了一個女詩人的集子，她那簡鍊的句子，平易的風格，美妙的韻律，使我感到極大的興趣，我那童稚的心靈，深深的鐫刻了她的妙句：

小弟弟呵！
我靈魂深處的三顆小星星呵！

接著，我更讀到了她的文集，我知道她不僅是個詩人，且也是一位卓越的散文家，她那清新雋妙的字句，使我憶起了母親教我讀的古詩句：「低頭弄蓮子，蓮子清如水。」我更常常誦讀著她寫的一篇散文，文中敘述到一詩人的故事，說他行將離去之頃，給一個小孩子留下了一張紙條，上面說：「我要送你一籃皎黃的雛菊。」當他走後，那孩子卻到處尋不見他送的「那籃雛菊」，他仍偏仰著黧黑的小臉，望著藍空中皎黃的星點自問著：

「他送給我的那一籃花兒在哪裡呢？」

自那時起，我也時常偏仰著臉兒，尋覓文藝女神的那一籃芬芳馥郁的雛菊了。

由於兄姊和學校中國文老師的鼓勵，我也開始搖著筆寫一些短小的篇章了，題目不外是「月夜」，「雨天」，「我的家庭」等等，寫成之後，由那位熱心的可敬的解老師親自走到昔日天津「法租界」的益世報館，將那些不成熟的文字交給他的一位老朋友——當日《益世報．兒童週刊》的主編，發表以後，那位好心的老師又親自為我去領稿酬——幾打公雞牌的「施德樓」鉛筆，以及一些印著荷葉同青蛙的圖案的彩色信紙信封，這些稿酬，對一個孩子是無比的鼓勵，我當真夢著走上文學的道路了。

讀中學時，教國文的老師是女師大畢業的萬均衡同郭季和女士，她們先後教了我六年之久，她們的國學根柢極好，對新文學作品也涉獵極廣，她們選編的國文講義篇篇精彩可誦，其中影響我最深的是蘇梅（雪林）女士的幾篇，我羨慕文中那生動、活潑而又富於想像力的描寫，我一次次的讀著，咀嚼著其中的義蘊，那「像一枝枝插天蠟燭」的白楊，那美麗嫣紅，乍辭母枝的小楓葉，都成了我夢中的最美的點綴了，我甚至夢著那手掌似的葉片，飄到我的臉上……。

同時我也開始向那時的《益世報．文學週刊》和《國聞周報》投稿了，發表文字時，我用了三個名字：用「陳藍」的名字寫散文，「張亞藍」的名字寫小說同書評，用「張秀亞」的本名寫些小詩，雖然寫的東西極為粗糙，但那個十五、六歲的中學生的胸臆中實在藏放著一顆充滿了美夢及狂想的心。

由於投稿的關係，我得以幸運的收到許多名編輯名作家的來信，其中一位便是當時主編《武漢日報》文藝版閨秀派作家凌叔華女士，當她在二十五年春天北返省親，曾函邀我到北平去看她，她的那封信字跡是那樣秀挺，詞句是那般的親切，至今我還藏放在箱篋中，其中有幾句是：

……我已來到了北平家中，你要不要來玩玩呢，你可於一個星期六的下午搭車由津來平，在我處住一晚，我們仔細談談，第二天下午再回天津，不會耽擱了你星期一上課的。……這兩天春當真來了，丁香開了，杏花也在打苞兒，我的院後有很多的花木，清香滿庭，你來了一定會喜歡……。我有的是誠摯的性情與坦率的談吐，也許不會令來看我的朋友失望的……。

他們的鼓勵與期許使我寫作的勇氣增加了，我常常在做完了學校的功課之後徹夜不眠，搖筆亂塗。如在寫作上有什麼問題，我寫信向他們請教時，他們每不厭精詳的為我解答，更贈送我一些必要的參考書籍，甚至於我中學畢業後應考哪一個大學，應入哪一系攻讀，他們都像老師似的給予我指示，這種誠懇的態度，令我深為感動，我自那時起，開始悟解：一個能寫出卓越文章的作家，必有一顆偉大的心靈，充滿了溫愛、善良與同情。時隔二十年，我雖在紙上未能寫出像樣的文字，答謝這些勉勵過提掖過我的師友們，但幾年來每逢接到讀者朋友們的來信時，只要我稍有餘暇，我莫不仔細答覆，當初我自師友們手中接受來的，我也應盡量的轉贈給他人。

文學是我的愛好，它能使我的生命燃燒，發出微亮，我願為它付出一切而無悔。即使由於終年浸漬在墨水瓶中，我的影子漸漸變得蒼白……。

讀書偶得

1

近來讀了幾本舊書，其中之一是三十多年前出版的一本短篇小說集，其中包括了六篇小說，薄薄的一本，不到二百頁，卻是篇篇放射著奇光的作品。實在，一本書的價值不在於字數的多寡，一顆小小的晶瑩的明珠，與一塊美玉同樣的值得我們愛賞。

那本書的作者，曾被蔡元培先生稱譽為早期新文學作家中唯一個富有創作精神的「文體家」，因為他能夠毫不傍依他人，故能形成了他獨特

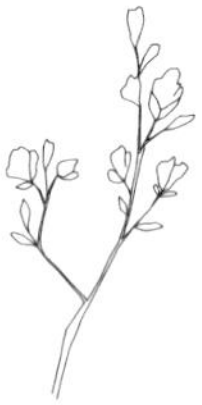

的風格，創造了他個人的文體。有一位作家，批評他的文章說：

素來以描寫平民生活和軍中生活為多，因為他出身行伍，所以寫到軍中生活的情形，便會情景如畫，毫無做作，並且，他的筆調也有別創一格的地方，復善於運用俚語，把鄉人的姿態和口吻，表現在他的描寫之中，使讀者感到真切而有味。……他的故鄉中原居住著不少的苗族，因之在他初期的作品中，頗多以苗族青年戀愛的心理，和苗族的風土人情為題材的，這些小說，在現代我國的文藝創作中，頗為別緻，有時他寫荒煙蔓草的邊地景物，也使人覺得清新可愛。

這位作家的確善於運用文字，他曾經說過：一個作家要有駕御文字的本領，如同一個將軍之調遣士卒，更如一個雕塑家之揉調黏土。他更說過兩句名言：「一個作家之運用文字要如一個雕塑家之運用黏土，要將一個個字去捽，以試驗它的韌性。」此外，他更極力想在一個字一個詞的日常用法以外，去發現它新的表現的功能，他要使在歷代作家手中用得腐舊了的字，在他個人的筆下恢復了活潑的新的生機。因此，他的文字中閃發著一種新異的光彩，吐發著新鮮的氣息。他之寫小說，的的確確可以說是在那裡創造，因此，寫得雅時，使人不覺其膩，寫得俚時，使人不覺其俗。每一個字到了他的手中，莫不服服貼貼的，發揮了他最完美的效能，因為他熟悉每個字的性質，故能運用恰當，且極盡工妙。

在下面，我們且引他小說中寫景的一段：

海邊的潮水漲落，因月而異，有時恰在中午、夜半，有時又恰在天明、黃昏。

有一天，日頭尚未海中升起，潮水已退，淡白微青的天空，還嵌了疏疏幾顆白星，海邊小山皆還包裹在銀紅色的曉霧裡，大有睡猶未醒的樣子，沿海小小散步石道上，矗立在輕霧中的電燈白柱，尚有燈光如星子，蒼白著臉兒。

她照常穿了那身輕便的衣服，披了一件薄絨背心，持了一條白竹鞭子，鑽出了帳幕，走向海邊去。晨光中大海那麼溫柔，一切皆那麼溫柔，她飽飽的吸了幾口海上的空氣，便開始沿了尚有濕氣與隨處還留著綠色海藻的長灘，向日頭出處的東方走去。

我房子的小窗口正對著那一片草坪，那是經過一種精密的設計，用人工料理得如同一塊美麗毯子的草坪，上面點綴了一些不知名的黃色花朵，遠遠望去那些花簡直像是繡在上面。我想起家中客廳裡你做的那個小墊子。草坪盡頭有個白楊林。據說那是加拿大種白楊林，林盡頭便是一片大海，顏色彷彿時時刻刻皆在那裡變化；先前看著是條深藍色緞帶，這個時節卻正如一塊銀子。

我們再看他如何描寫人物，——寫一個誠懇忠直的退伍老兵如何愛護他的少主人：

聽到我的話，這老兵忽然又像覺悟到自己的冒失，裝成笑樣子，自責似的說自己喝多點酒就像癲子，且賭咒以後要戒酒，又問我明天要吃鯽魚不要。我不做聲，他懂得我心裡難過處，他望到桌上那一個建漆盤子裡的蘋果皮，拿了盤子又取了一種游魚的溜勢，溜了出去，悄悄的把門拉攏，一步一步走下樓梯去了。聽到那無力的腳，踏著樓梯的聲音，我覺得非常的悲哀。這老人給我的一切印象都使我對人生多一個反省的機會，且使我感覺到人類的關係，在某一姿態下，所謂的人情認識，全是酸辛，全是難於措置的糾葛。這人走後，響過了十二點鐘，我還沒有睡覺，思索到這些瑣碎人情上，失去了心上的平衡。忽然樓梯上有一種極輕的聲音，走近了門口，我猜得著這必定是他又來擾我了，他一定是因為我仍不去睡覺，所以來督促我上床了。我就趕忙把桌前的油燈扭小，聽到一個低低的嘆息起自門外。我不好意思拒絕這老兵的好意了，我說：「你聽吧，我事情已經做完，就要睡了。」外面沒有聲音，待一會兒我去開門看，他已經早下樓去了。

由這一段，可以看出他用字的簡鍊，風格的純淨，但隱約於文字後面的，是那老兵對少主人的那份深摯的關切與愛護。以純樸的筆來描寫一個純樸的靈魂，這是一種最難能可貴的「白描」手法，這是一種令人嘆賞的藝術。

這位作者對自己的成就也頗自負，他曾比喻自己的作品為建在山上的一座石頭築成的小廟，能耐得住風吹雨打，不會坍倒。他說他的小廟建在山上，倒不如說是建在讀者心中更為妥貼。

2

天氣酷熱，窗外的鳴蟬，正在以單調的聲音，計算著長長的夏日分秒。我為了逃避熱浪的襲擊，又拿起了那一部歐文．司東 (Irving Stone)

為大藝術家彌凱朗基羅 (Michelangelo) 寫的傳記 *The Agony and the Ecstasy*，這部書的名字有人譯作《煎熬與狂喜》，也有人譯作《痛苦與狂歡》。此書的內容主要的是表現十六世紀時的雕刻家、畫家、建築家兼詩人彌凱朗基羅一生的經歷，尤其側重他創作時心理上的過程。

這部書可以說是一部傳記小說，作者在寫這個四百年前的天才藝術家的生平之前，一共參考了三十多本書，另外更閱讀了彌凱朗基羅傳留下來的全部書札，以及與他有關的文獻及檔案，寫作態度的審慎、嚴肅，可以想見。但是，作者猶恐寫得不夠翔實生動，他更舉家由美國遷至義大利的佛羅倫斯，希望由那彌凱朗基羅久居之地，體味到他當時創作的心情，把捉住他當時的靈感。同時，他自己更投身於石場中，並拿了斧鑿學習雕刻的技巧，願意從那一斧一鑿中，分享到一點那位巨匠工作時心頭的喜悅與悲哀。全書中的事實梗概是真實的，人物大部分也都是真實的，不過作者用他豐富的想像力將素材不相連貫之處加以彌補，且配合情境編造對話，敘寫心理。末了，他終以六年的時間完成了這一部奇書。因為人物的心理與談話頗多虛構之處，所以我們說它是一部傳記小說，這類的傳記小說，寫得深刻感人的並不多，在近代的西洋作品中，堪與媲美的，也許只有那部「勃娜黛之歌」而已。

作者歐文．司東除了這部書之外，更曾寫過《梵谷傳》……等好幾部書，出版之後，皆獲佳評。有一位批評家於介紹這部《煎熬與狂喜》時曾說：這位作者最能接近彌凱朗基羅的精神。實際上，他豈止接近了這一位藝術家的精神，他在寫《梵谷傳》時，還不是同樣接近了梵谷？與其說他接近某一位藝術家的精神，莫若說他接近了一切藝術家的精神，莫若說他自己本身就是個藝術家。一些卑瑣的心靈，不盡相同，而世界上偉大的心靈卻都是一樣的，——含蘊著真理，藏蘊著愛，時時刻刻去體味一切，觀照一切，同情一切。

我們說歐文．司東是個藝術家絕非過譽，他的文字宛如一隻有力的手，彈動了讀者的心弦。

其中有一段，說到作為雕刻家的彌凱朗基羅與他所用的石頭之間的感情：

他的手撫摸著石頭，探索著它那細緻的紋理。整整的一年中，他還未曾摸觸過這樣一塊純白的可以雕刻的雲母石。

他一邊摩挲，一邊顫慄的自問著：

「為什麼我有這樣的一種感覺呢？」

他覺得這塊白色的雲母石是活生生的有呼吸的實體，它也有知、情、意。想至此，他的心中自然而然的產生了一種虔敬，而非畏懼。他的心底似乎有個聲音在說：

「你對石頭的這種感覺就是愛。」

他並未因此而感到震驚或詫異，他明白此中的道理。他的愛是希望得到對方的應答的（而石頭絕不會使他失望。）雲母石就是他生命中的主要角色；同時，也是他的命運之所繫。直到這一剎那——他的手輕柔的愛撫著這雲母石時，他覺得他才當真可以說是生活充實了。

完成一座瑩白的雲母石雕像，就是他整個生命的希求——只是這個，更無其他。

他拿起了工具，開始工作：沒有描畫圖樣，沒有做臘或泥土的模型，甚至也未曾用炭筆畫出什麼跡印，懷著一股強烈的創造力，他要刻一座牧神的像：這林中之神，雖然邪惡、放縱，但是卻有一股吸引人的魅力。

他將鑿子擺在石頭上面，揮動鎚子開始敲擊。他的心靈真覺得其所哉，他、雲母石、鎚子以及鑿子已是渾然不分，已經合而為一。

這一段描寫的是彌凱朗基羅如何開始了他雕刻的工作，他對那我們視為冥頑不靈的白石的感情，終生不渝，他愛他的工作，愛他的石頭——因為藉了石頭，他可以將自己一股澎湃的生命力，宇宙間整個創作的精神表現無遺。而石頭也應答了他的愛，——他的無數偉大的傑作，利用石頭完成了。在這部書中，作者曾藉了一個女主角康締絲娜的話，表現出這位卓越的藝術家的生命的悲劇與喜劇：

雕刻就是你的婚姻。你所刻的酒神巴考斯，大衛王就是你的孩子……。

作者以簡淨的筆觸，寥寥數語寫出了這曠代天才的孤獨與悲涼。這使人不禁想起了羅曼羅蘭為他寫的另一部傳記中的話：

他（彌凱朗基羅）從沒有休息，也從沒有最平凡的人所能享受的溫柔。……他的思想如流星般的在黑暗中旋轉，他的意念與幻夢在其中迴盪。

3

日前整理書架，在最底層發現了華盛頓．歐文的那本《見聞記》(*The Sketch Book*)，這位美國近代「文體家」(stylist) 的作品，好久以來就不大為人提及了，在其祖國如是，在我們這東方的古國尤其少人注意。

我拂拭去書頁上的塵埃，一隻灰色發亮的蠹魚自頁縫中爬了出來，這不禁使我想到這位作者在一篇題為〈文藝作品的滄桑〉的文章中說過的話：

我拿下一本厚厚的四摺本的小書來，書是很別緻的以羊皮紙作封面及封底，更附有銅製的夾子，我隨即坐在一把古色古香的圈椅上。還未展讀，我即因了那股肅穆的寺院中的氣氛，與其他的生氣毫無的靜寂而陷入沉思夢想之中了，當我抬眼看到排刊於架子上的那些封面殘缺霉壞的古老典籍——它們整日的擺在那兒，顯然無人擾亂過它們的休息——我不禁想到這個圖書室就是一座文學的塋墓，作家們被虔敬的葬埋在這裡，任著被霉化腐蝕，沉埋於灰塵之中被人遺忘。

我想心中尋思著，如今這些被冷淡的拋棄在一旁的書中的每一本，都曾經使作者們絞盡了的腦汁——在多少辛苦的日子中！在多少不眠的清夜裡！這些書的作者們曾將自己封閉在小屋與寺院的幽寂之中，他們使自己與外界隔離，罕與人們相見，更鮮與多彩多姿的大自然相接；終日艱苦的致力於尋求素材，苦思深慮！他們如此辛苦所為何來？無非是想在積塵的書架上佔據一寸之地，更希望於未來的年代中，它們的書名能不時的被一位無精打采的教士或是像我這樣的偶爾過此的旅人讀到吧了；而在另外的歲月中卻被人忘卻了，甚至於不能再被憶起了。所謂文章乃不朽之盛事，到頭來不過如此而已。一種短暫的人們口頭上的無憑虛譽，當地人的讚美之聲，只像是些鐘樓中剛才敲起的一陣鐘聲，剎那間縈迴於我們的耳際——隨即迅速的只留下餘韻蕩漾——終歸於沉寂，宛如從未曾發生過這件事一樣！

華盛頓．歐文 (Washington Irving) 於一七八三年生於美國紐約，他性喜文學，更愛漫遊，在一篇自述的文章中，他曾說過：

我總是喜歡欣賞新奇的景物，以及觀察奇特的人物風俗，甚至當我是孩提時候，我已開始到處漫遊，專到在我家鄉中一些幽僻的地帶及人跡罕至的區域去遊玩。

他的一雙眼睛除了觀覽景物，更喜在書頁上逡巡，同時，他更將現實中的一切，視作天地間那部奇書的一段一章，而加以思索，玩味，他說：「每塊剝蝕的石頭都是一篇編年史。」並說過：

我渴望著去憑弔一些歷史上有名的遺跡；譬如說踐踏著往古的足印，在傾圮的古堡中徘徊，在那傾斜欲倒的古塔前沉思；總之，我願自那平凡的現實中逃逸出來，而沉酣在幽暗的古代殘留下來的偉蹟之中。

他愛讀書，同時，更終日大張著雙眼讀自然及現實展現的篇頁，所以，他的文章清新淵雅，同時更充滿了濃重的地方色彩，讀來非常的雋永有味。他在文章中善用一些明喻 (simile) 及暗喻 (metaphor)，由於他多聞而博學，同時，更富於想像力及聯想力，故能隨手拈來，盡成妙諦。他善於以具體的意象來狀擬具體的事物，更善於以富於實感，能在讀者腦海中產生鮮明印象的字詞，來形容來比喻抽象的意念，故他的文章讀來，每覺意趣無窮，其文中的義理，能滿足我們心的需求，而其文中字句由於妙喻層出，富於色彩及形象，亦使我們在開卷之下，眼前為之一亮，他的文字之美，又豈是一些對他文章只能「淺嘗」的人，輕輕的以

「堆砌詞藻」的罪名所能抹煞的呢？

他曾以「被葛藤攀附著的古樹」形容被批評家包圍的名作家，他曾以「羽毛」形容樹上才抽出來的新葉，以「鸚鵡的尖嘴」形容一個鄉村小丑的鼻子，而以一棵「被葉子裹在中心的椰菜花」狀擬穿著很多層衣裳的車夫……總之，他的文章充滿了機智與才情，讀時使人時而莞爾，時而沉思。

時代移轉，讀者的心靈漸漸被新異詭奇的當代作品所吸引，華盛頓．歐文曾嘆惜過塵封書架上的古籍被棄置的命運，而他自己的作品也漸漸的被讀者冷落一旁了。

如何才能使自己嘔盡心血完成的作品，不與個人的土木形骸同朽？如何在自己的作品的篇頁中塗上防腐劑？

我讀完了華盛頓．歐文的《見聞記》，不禁望著孤燈在心上畫了不少問號。

4

法國的作家兼史學家呂克侶 (E. Reclus) 曾寫了一部富有文藝意味的史地叢書《人與地》(*L'Homme et La Terre*)，其中有一本是關於希臘的，書名即稱為《希臘》，分上下兩卷。

希臘是一個文化發達的古老的國家，文學、藝術、哲學皆有其輝煌的成績，對人類有極大的貢獻。希臘的悲劇家、喜劇家、哲人留下的作品，乃是人類歷史中值得驕傲的業績，而女詩人莎茀留給後世的碩果僅存的一首小詩及一些片斷的殘稿，至今仍為人們吟誦不衰。希臘的建築，雕刻，更向我們顯示出力與美。——呂克侶以一枝簡潔而生動的筆，向我們介紹出這個古國，他的文筆使我們想起了寫《世界史綱》的威爾斯。

是書的上卷分二十五章，介紹希臘的地理形勢，文明的起源，以及科學藝術哲學……。下卷分十三章，敘及古希臘學術的中心——亞里山大里亞，以及羅馬人之入侵……。條理極其清晰，敘述更是委婉有致。

這本書讀來並不似一般的史地書那般乏味，因為作者的筆調極其輕快而優美，有時書中一些段落，使人簡直分不清是詩抑是畫。

在這裡我們且引上卷中第一章裡，談到希臘與海的兩段：

希臘的文化宛如司美之神阿芳若黛蒂一樣，好像是從波濤的泡沫中產生出來的。不論他們自陸地上如何自一山谷遷至另一山谷，自一海岸遷至另一海岸，他們所以能那麼容易的在歐亞各地與其他民族交換他們的產物與思想，並漸漸獲得文明的意識，完全靠了他們沿海的居民賴以活動的浩瀚大海。海不但不使他們分離，而卻給予他們的聯合的便利。

然而愛琴海對於航海者並非時常是溫順的，它的波濤並非時常是諧和的舒展於它的海濱。……許多故事與史前荷馬的傳說，曾為我們敘述出航海者懷著什麼的心情在怒濤澎湃的海上冒險，覆舟的事實又是層出不窮，最狂烈的風是來自北面或東北面，由馬其頓群山或露西亞平原吹來，在屈曲的海峽中疾馳而過的暴風。可是這種風往往也能減緩了速度，成為有定時的和風——日間吹颸——尤其是夏天——而夜間靜定。有些海面，風的起伏節奏是那樣的諧和，海員們儘可安心航行：陸地與大海輪番的「呼吸」，和風先推船舶向海外駛去，然後，再引它們回航。所以，聰明的舟子往往能預測在愛琴海上可怕的風險，而計算好在旋風未來或和風未轉變之前，越過某一個海峽，並能使某一個停泊處或希望到達的碼頭之遠景，常常保持在視線以內。

不是嗎，這兩段的文字極其澄澈明淨，宛如一片透明的海水凝成的。在敘述希臘神山及此邦政治方面情勢的變化時，我們發現了那樣優美的文字：

屹立著著名聖山奧林比的狄薩利亞，為此民族的另一種搖籃。最初在希臘神話中佔有極其重要位置的桑多爾人——馬身人面的怪物——就在這塊地方。

在史初史的時代，換言之，在亞卡安人侵入之後不久，希臘分裂為各個獨立各有特殊名稱的小團體，其數目較後來繁盛的時期還要多。自北而南，人們見到這些農人的小共和國，連續於地圖上，各有兩岸栽著樹木的小河，可以耕作的平原，羅馬競技場似的山嶽，森林繁茂的斜坡，以及在其上可以建造衛城及神殿的山崖及孤峰。其中有些且有通向海岸港灣的出路，總之，一個自主的小社會所必需的要素，它們都應有盡有。愛琴海的每個島嶼與它的小谷，小山，小岩，小灣也構成了一個範圍狹小的宇宙。我們無需在此列舉這一切地理的個體，它們將先後輪流的顯露於歷史的大悲劇中。

這些行文字寫的雖是舊事，但讀來覺得有一種清新之氣撲人眉宇，一本寫得好的歷史或地理，同時也就是極好的文學作品，甚至於一部談自然科學的書，或者有關物理學或化學的書，寫得好時也可以說是一部文學作品。——誰都知道達爾文的進化論堪稱是絕妙的文章，可見一部書是否稱得起是文藝作品，不一定要在封面上寫明是小說，散文或詩……，標明了這種字樣的書，如果描寫的技巧不夠，同樣會被摒於文藝的圈子之外。由這一事我們也可以體會出：要想讀到一部優美的作品，不一定要在圖書館「文藝」類的卡片中翻尋，一部談海洋氣候以及關於森林及昆蟲的著作，有時或者是一本極有文學價值的作品。要想在寫作方面獲益嗎，也許在蘇軾的言論中可以找到一個答案——讀百家之書。

5

吳爾芙夫人的作品，是以文字形成的一種奇蹟。活潑、輕俏、空靈、閃著智慧的光澤，她的風格本身，就是一種美麗的存在。

我特別愛好的，是那篇千古奇文〈自己的一間屋子〉（"A Room of One's Own"），評者謂其性質雖屬論文，效果不啻小說，是她的最好作品之一。

這篇傑作，原是她的兩篇講演稿拼合剪接而成的。我們誰曾有幸聽到這麼生動的演詞！富有靈智的啟示，哲理的探討，藝術的品評，更不乏一些極其綺麗的寫景抒情的片斷，打開這本書的篇頁，你會發現到處有「美」在迸發著，使你目不暇給。

企圖讚美這一篇作品，我曾擲筆嘆息了多少次，面對著這樣一篇妙文，我深感到自己字彙的貧乏，竟找不出妥當的字眼來形容它，勉強說來，這篇文章像是水晶般的透明，波浪般的動盪，春日園地般的色彩繽紛，秋夜星空般的炫人眼目。最妙的是：上一個句子給你的鮮明印象，你還未來得及給與適當的反應，接著在下一句中，她又推出一個更繁富神奇的，當你正在想藉了其他句子的幫助，找到它的詮釋時，而她那枝筆卻又輕盈而俏皮的蹓走了，例如在那書一段的末尾她剛剛說到：

所有的人都睡著了，縱橫偃臥在那裡，啞子一般，牛橋街上，渺無人蹤。即或是一隻推曳那旅社門的手都看不到——連旅社裡擦皮鞋的都不曾有一個等我回來，給我照著亮，送我回到我住的房間，夜是這般的深沉……。

緊接著，在下面的一章中，她又是這樣的開頭了：

現在，就請你們跟我到另一個地方去，樹葉仍然在落著，但是這不是在牛橋而是在倫敦了……。

她的文字就是這般的跳擲，像一股亂流急湍，像一陣沒有定向的風……。她有她自己的邏輯路線，而我們常是望塵莫及。

多少年來，我對吳爾芙夫人的文章有一種深摯的偏愛，但是，她文字的魅力，她處理文字的祕訣，在我卻是一個難解的謎。

我不知道是不是可以說，她有著比我們豐富的想像，同時，她會挑選那極具實感的，表現顏色、形狀、感覺的字眼，來狀擬她那「鳶飛戾天，魚躍於淵」的想像，似是「明說」，卻是「暗示」，為她的文字增加了一種難以言喻的美妙處。譬如，她在〈自己的一間屋子〉中的一段：

女子比男子貧窮，因為——由於或此或彼的理由。現在，或許莫妙於把尋覓真理的工作放棄，而去接受一大些意見，熾熱得有如火山噴出的熔岩，黯淡得像洗碟碗的泔水。

再如另一段：

小說像是一面蛛網，它的尖角是黏附於人生上面。雖然也許永遠是輕輕的黏附著，幾乎是目力所不能見。例如，莎翁的戲劇就宛如四下裡無著無落的，獨自家懸吊在那兒。但是，等到那面網扯歪，邊緣鉤住，當中也撕壞了，我們就會明白，這些網不是那些視之無形的小蟲在空中織成的，而是一些受著痛苦的煎熬的人的作品，……。

又如：

想到我的那一點兒天才——一丁點兒，不過，在真有這一點點的人總是可寶貴的——任它埋沒實在罪過。但是它在逐漸消滅，而我自己呢，我的靈魂亦隨之而逐漸消滅。所有這種種想法成為一種腐蝕，蝕盡春天花朵，蝕盡樹木的心子，……。

她的幻想，瑰奇的幻想，波詭雲譎的幻想，和她的想像，是她彩筆上的雙翼，對它，我們只有嘆服的份兒，如下面的一段，她是在寫景，但那不是寫大地上的景色，卻是寫她心靈中的景色：

我幻想，紫丁香的花朵顫搖在牆垣上，黃色的蝶兒張張惶惶的飛過來又飛過去，花蕊上的粉，飄揚在空際，一陣不知自哪個方向吹來的風，吹動了嫩葉，一股銀灰閃爍在空中。那正是日光與燈光交接的時刻，各種色彩在加深了，玻璃窗正在燃燒著，姹紫金黃，像是一顆容易激動的心在跳躍！

妙極了，「黃色的蝶兒張張惶惶的飛過來又飛過去，」整個的形容出那一雙薄得可憐的輕巧小翅子在風中撲閃！落日的光燦與燈光交映，那光影竟像是「一顆容易激動的心在跳躍！」我幾乎是心跳著讀完了她的這幾句。(別忘了這是她的幻想！)沒有辦法，我只有托出王國維那句老話來讚美她一番：「寫景如此，方為不隔！」她分明將自己的情緒注入在景物裡，自然界裡的一切，都有著她的脈息！她的心中，也佈列著奇景。

像她這樣的文章，實在是數百年難得一見的奇文！支持著她那一枝神奇的筆的，原是她那一顆多感的心靈，也就憑了她這顆多感而又敏感的心靈，她才寫了那一部同樣美妙的散文體的小說《茀萊西》(*Flush*)，將勃朗寧夫人——女詩人伊麗莎白的一隻小狗寫得活靈活現，吠叫跳鬧於紙上。天才的另一方面原本就是那格外豐富的想像，想像為我們擴大了同鳴共感的範圍，她的那部《茀萊西》推翻了若干年來影響作者們甚大的一句話：「只有自己實際經驗到的才寫得好！」天才者的想像，原正好用來彌補經驗上的不足！

當真，我不知如何形容吳爾芙夫人那通明如藍冰，燃燒如火燄，充滿了冷靜的智慧與澎湃的熱情的文字，(她因為富於智慧，故精於分析，她因富有熱情，故對人間種種充滿了悲憫。) 也許，說明她文章的特徵，還得借用她自己的話：

……於是，我就讀一兩句來試試，我迅即發現其中有點什麼不對勁，文字間的銜接，似是受了阻礙，有點東西撕得碎裂了，有點東西戳破了，這兒一個字，那兒一個字，在我的眼前像火炬似的閃耀，……我覺得她（指那個虛擬的作者瑪利・加麥珂。）宛如一個人在劃著一根總是不燃的火柴，……讀這本書，好像坐了一隻無甲板的船，浮泛於茫然的大海，忽升忽沉，那種簡鍊與語氣的緊促，分明表現出她在恐懼，或許是懼怕別人批評她愛傷感，否則就是她憶起了人們批評女性的文章太綺麗，因而她就有意的放進去很多不必要的芒刺……。

還有：

我自語：我幾乎不能肯定的說瑪利・加麥珂是在逗著我們玩，因為我覺得好像坐在那種玩遊戲般的火車中，我們滿心以為車子要溜下去了，誰知它卻驀的轉了個方向衝著上面開來了。瑪利是在任意改變著事情的自然發展的情形，首先她破壞了文句，現在卻又來破壞了故事的進展，不要緊，只要她的目的是在建設而不是在破壞，她完全可以這麼做。

在這兩段文字中，她假託有一個名叫瑪利．加麥珂的女作者，且對其文字加以品評，實際上，這本是吳爾芙夫人的「夫子自道」，那位不見經傳的女士，代表的正是她自己，這兩段話中有幾句值得我們特別予以注意：「否則就是她憶起了人們批評女性的文章太綺麗，因而她就有意的放進去很多不必要的芒刺……。」以及「只要她的目的是在建設而不是在破壞，她完全可以這麼做。」

當真，吳爾芙夫人是「破壞了文句」且「破壞了故事的進展」的人，她厭棄一些舊有的，她有意來創造，所以固有的句法在她的手中破壞了，故事的一貫的發展的公式，也在她的手中破壞了，正因她的目的在於建設而不在破壞，我們覺得她「完全可以這麼做。」

最後，我想起了法國羅藹伊夫人的兩個文句，我覺得正好來形容吳爾芙夫人的文字：

「宛如一股綺風，在兩行石竹中穿過。」那綺風是帶著濃郁的紫蘿蘭的芳馥的，何時你打開她的書，就會感覺到它的吹息。

月夜讀畫

秋季的臺灣，天氣仍是相當炎熱，晚間開了燈，仍有蚊蟲來擾亂寫作或讀書，為了可以快樂而恬適的度過靜靜的秋夕，我遂自一位友人處借來了一些畫冊消遣，其中有一本法國印象主義畫家塞尚（Cézanne, 1839–1906）的專集，其中包括複印的塞尚名畫多幅——〈奧沃村景〉、〈聖維多利山〉、〈吉弗萊畫像〉、〈塞尚夫人畫像〉、〈靜物〉以及他最出名的作品之一——〈玩紙牌的人〉。

坐在長廊前，打開了嵌有玻璃的長窗，讓月光以瑩白的手為我指點畫中有力的筆觸，炫麗的色彩，這比坐在燈光下來看，更饒詩意，所以，我最近在清夜中研讀的不是書，而是畫了。

塞尚在習畫之初，所用的色彩比較晦暗，且描繪的態度比較主觀，後來受了一個友人——印象派的一位畫家的指點，開始改用鮮明炫爛而輕快的色調，他不再用他所愛用的黑、灰、棕色，而代以戶外大自然的風光中展現的顏色，同時，當他坐在畫架前面，一筆筆的畫下去時，他只畫顯現於他眼前的東西，而不到幻想的雲霧中去尋找素材了。

塞尚所畫的景物畫中，最吸引人的作品之一，我覺得要算是這集中題名為〈聖維多利山〉的那一幅。

這原是他晚年的一張作品，取材並沒有什麼特殊，只是我們每天習見的天空，大地，以及那座在這位畫家筆下，具有了生命及情感的山嶽。但是，用這樣平凡的題材，這位偉大的畫家創造了「奇蹟」。

在這幅畫中，他用的完全是一種代表著活躍，歡欣，與生命的顏色——一片翠藍與碧綠中，偶爾點綴著些許火燄般的紫絳色。當我的目光在這一片彩色中漫遊時，我覺著自己不是在看一幅畫，而是在聽一支貝多芬的英雄交響曲，而是在讀一首拜倫昂揚奔放的詩。是的，塞尚的畫原本就不是一幅單純的畫，而是一幅感情的寫真，使人聯想到一個朝采潤藻，夕餐丹霞的幽人，以他豪邁縱橫的筆觸，寫下他心靈的狂想曲，在他的筆下，大地舞蹈，林木悲吟，不只有色，且似有聲，我之所以愛看他的畫幅，以之作書讀，當詩誦，原因在此。

在這幅〈聖維多利山〉中，塞尚更顯得熱情澎湃，情緒奔放。充盈於他早期富有浪漫情調畫幅中的熾熱情感，又在一種新的形式下迴旋激盪。無怪乎一位美國的藝術批評家說他的這幅畫「是一幅暴風雨式的幻想曲，在其中，大地、山岳，同長天合唱出一闋藝術之神的讚歌，在廣大的幅度中，富麗的色調，掀起一股色彩的浪潮。」

我們仔細看吧。那座畫幅中間的山，像是畫家的靈感與情緒形成的一股神祕的氤氳，一團原始的星雲，青煙似的盤旋上升，一直的升至高空浮雲之間。而天空呢，更神奇了，那不是靜如春水的長天，而是充滿了線與色的舞影，說到那色彩，是多麼溫潤鮮活，使人想到藍玉和翡翠，但又有著玉和翠所沒有的生命的動力。在描繪大地之時，也見出塞尚的匠心，——那看似一堆無秩序的顏色，一片洪濛初闢時的混沌，但仔細去觀賞，會發現那些直線，那些橫線，和形成山脈的斜線，以及在天空上舞動的曲線，形成了那麼美好的對比。同時，較低處前景中的紫絳，出現在那裡顯得格外的動人，那像是一朵閃爍於原野上的火焰，像是枝頭上說明春訊的芽苞，總之，象徵著希望、生命與春天，在一堆使人感覺得涼意的冷色——藍、綠之中，這一些些絳色，給了人溫暖的感覺，這是塞尚運用色彩的奇妙處，這是塞尚藝術的奧妙。

前些年，我特別喜愛他那畫出了兩個太陽的〈收穫〉圖，畫中，在那兩輪暖陽的照射下，大地上正值豐收的季節，一地金色的浪濤在洶湧澎湃，充滿了喜悅、滿足與生命的成熟之美。十多年以後，我又看到了他這一幅〈聖維多利山〉，我覺得這一幅似比那幅〈收穫〉更富於詩意，且耐人尋味。看著這幅中鬱鬱蒼蒼的一片青碧，心頭有一種澄明之感，作者在這幅畫中，顯然是以更圓熟的筆法，寫他最動人的抒情詩，是的，我在前面說過，在這畫中，見出塞尚的熱情澎湃，情緒奔放——那只是由筆觸中看出來的。在這如浪湧雲起的筆觸上，他所敷陳的卻是那一抹青碧——那一種冷靜的顏色，這是一種啟人深思，涼沁心脾的顏色，因而為那股洋溢著熱情的畫面，籠罩著一種輕微的悲涼之感，凝眸看去，只覺韻味無窮。

我對於藝術所知甚少，但我知道司文學、藝術、音樂的女神，原是姊妹，三者間本有著極其親密的關係，無論是繪畫、文學、音樂的作品，是否優美，皆可以一個標準來衡量：——

那即是：一個畫家，作家，音樂家，是否利用色彩線條，文字以及音符表現出宇宙間那股創造的精神。畫家倘然能夠把握住且實踐了這個原則，他就可以說是「把握住真，因而也表現出美，否則，只是畫得形似，失去了精神，便是歪曲了真實，所以，也就失去了美。」塞尚的畫所以使我這個外行人如此欣賞，實在是由於他的筆下激濺著一股生命力，且洋溢著一種創造的精神。

讀畫記

前些年在學校讀書時曾選讀了兩學期的美術史，法國印象派畫家塞尚(Cézanne, 1839–1906)的作品，我曾獲機會看到了幾幅，留在腦海中的印象，至今猶極鮮明。

前些天曾在一位友人處看到一部塞尚的畫集，逐幅仔細觀賞，愛不忍釋，乃借了回來，置諸案頭，昕夕玩味揣摩，覺得趣味無窮。

這部塞尚的畫集中，有許多幅是我從未曾看過的，其中一幅題為〈吉弗萊畫像〉，看似無甚奇特，但是每一筆觸，皆極耐人尋味，一抹色彩，一個小小的細節中，也含蘊著他的匠心。

畫中人吉弗萊先生，是第一個認識出塞尚的偉大的批評家，這幅畫是塞尚以三個月的時間，在吉弗萊的畫室中畫成的，構圖極佳，但塞尚本人卻並不愜意，實際上這是一幅極成功的作品。

雖然這幅肖像的面部並未畫得很仔細，觀者卻仍可以看出他是一個好學深思，終日埋首書城的學者。這位畫中人看來像是一個靜物。周遭的環境中擺設的各種東西，減少了這個人物在畫幅中所佔的分量，而那繁富的背景，卻也襯托出了這個人物的重要性。人像背後的那些書籍，密密的排在好幾個書架上，有的靠前有的靠後，重疊的擺置著，這道由書籍形成的波浪，一直延展到桌上展開的卷帙上。塞尚作畫的特別值得注意的地方，是在於他對筆下的任何東西皆以同樣認真的態度來描繪，對於這些書籍，他也像對他筆下的人物吉弗萊先生一般，付與同樣的注意，結果，那一本本的書，在我們看來，竟也似乎有了生命，這不禁使我們聯想到彌凱朗基羅那幅名畫〈奴隸〉中長而蹺曲的人體，那是塞尚最為讚賞的一幅名畫。

那畫中的人物——吉弗萊先生的一雙手，平放在桌上，這使他的姿勢看來極為穩定。這桌子與他身後的椅背，以極其簡單的線條隔開了人物與書籍，同時，更將二者接啣起來。那桌上展開的書，與倚立在架上的書，和人物的頭部皆以斜線，成一角度，以收「平衡」之效。架上的書與桌上的書的深淺色度不同的橘黃，更加強了畫中直線與橫線的對比。在那人物手邊的那本書的邊緣，有著以溫柔的筆觸描出的暖棕色線條，與橘黃的斜線平行，其中間雜以白色同紫色的筆道，看來極其諧和，由這細微之處可以看出塞尚是處處用心，一筆不苟。

這幅畫儘管「細節」極多，但自有著它的統一與完整性，塞尚描繪一切東西，皆以有力的筆觸，且使相互之間呈現出均衡狀態，更充滿了生命的活力同吸引人的美。沒有一根線條顯得板滯、機械，它永遠閃爍著顫動的微光，且表現出塞尚心性的堅毅與敏感。畫中桌邊一座小小的雕刻女像，使這充滿了書籍卷帙的直線的畫面，顯示出幾分溫柔情調，而那人物彎著的上臂也使他的姿勢顯得生動起來；桌上藍色花瓶中的鬱金香花枝傾向手臂那邊欹斜著；那隻畫得很生動美妙的手，與人物背後的群籍相呼應。

看了這幅名畫，我們如同讀了一本好書，這一代畫壇宗師的技巧的高妙處，都由那筆觸、色彩、構圖向我們透露了出來。

圖繪感情的畫師

——塞尚

法國近代名畫家塞尚，生於一八三九年，歿於一九〇六年，他的作品大氣磅礴縱橫的筆觸，奔騰紙上，風起雲湧，但是仔細看去，其中卻有著對比與秩序，在絢爛的色調下，沉潛著一股強力。

他出生於一個頗為富裕的家庭，他的父親原要他學法律，但他個人則有志獻身於藝術，在二十二歲他終於不顧家人的阻撓，離開故鄉，去到藝術之都巴黎，與他一位同窗好友——日後成為法國著名的自然主義作家的左拉，住在一起，這兩個對世界相當陌生的青年，在這大城的一個簡陋小室中，聽著外面喧囂的市聲，望著窗外飄過的浮雲，靜靜的編織著他們的美夢——一個要做個偉大的文學家，一個要在藝術的天空中成為一顆輝耀的大星。他們雖然生活貧困一些，但在精神上卻是快活而自由的。

巴黎原是藝術家、文人薈萃之所，更有著收藏豐富的藝術博物館，年輕的塞尚，縱身於當時藝術的潮流中，盡情的吸收著一些營養，同時，更常常沉浸於博物館中一些名畫的色光之中。他大張著燃燒著渴望的眼睛，努力去發現一些畫壇大師的卓越之處，並加以研究、揣摩，並企圖在過去藝術的傳統中，尋出其中與自己繪畫風格上的同異之處。在這種苦心的學習之下，他的畫藝自然一天天的更為進步，但一年年的過去，他送到藝術沙龍去的作品都遭到拒絕。這個外表羞怯，而懷抱著壯志的來自鄉下的青年，在這個繁華的大城中，怔忡，落寞，獨傷憔悴。

後來，他自印象派畫家毘撒羅那裡，獲得了無限的鼓勵、慰藉，與友情的溫暖，毘撒羅更在藝術上對他加以指點：要想成為一個大畫家，在描繪上應保持更客觀的態度。並要用比較輕快、鮮明一點的顏色，由於與毘撒羅的交往，塞尚的藝術日趨精純。他終於得到機會，與一些印象派畫家們一起展出作品，但官辦的藝術沙龍對他仍持峻拒的態度。一個畫家如同一個詩人，起初的時候，世界往往不認識他們的偉大與卓越。

塞尚天性怕羞，內向，不喜交際，別看著他在畫布上筆勢縱橫，奔放恣肆，實際上他卻是一個極其靦腆的人，現實中的一切每每使他感到沮喪失望，在五十歲前，他的作品從未曾得到批評家的青睞，而能夠賣出的更是少而又少。

他最早的一個知音可以說是左拉，他鼓勵他走上藝術道路，後來，他的畫又獲得其他一些藝術家的激賞：瑞諾，毘撒羅，莫奈，彼惹等人都出資購買過他的作品，不過藝術圈外的人認識他作品的精純的，為數仍屬寥寥。一八七七年，曾有一位批評家寫了一篇文章，評介一些印象派畫家的作品。在那文章裡，他稱讚塞尚是一個偉大的畫家，並說他的作品具有著希臘藝術全盛時代的一些作品的優點。一向對自己的作品也持懷疑態度的塞尚，讀了這篇文字不禁又驚又喜，至一八九〇年，雖然一般觀眾與沙龍的主持人仍不理解他在藝術上的造詣，但他的作品已引起了較年輕的一代的畫家的注意——高庚，梵谷，西納克，伯爾納德以及鄧尼斯諸人，皆稱他為最偉大的當代畫壇上的宗師，一八九五年，他的兩幅作品為盧森堡博物館所購藏，成功與榮譽已展著金色的羽翼向他飛來，但他自己並不知道。他是一個非凡的天才，卻有著謙下與自卑的靈魂，當名雕刻家羅丹向他表示敬意之時，他竟感動得至於泣下，而在莫奈當面誇獎他的作品時，謙遜的塞尚竟以為那些好話是用來嘲諷他的，以至於驚惶失措，悄然遁走。由這兩件小事，我們可以想見他有著多麼純樸可愛的靈魂，他那極度的謙抑，與他的天才可以說是成正比，而一些人則反是。

塞尚在年輕的時候是一個自由主義者，至五十歲時，看透了人生的究竟，乃成為一個極其虔誠的天主教徒，但他在藝術上仍傾向於表現理性及感情，並不贊同在畫幅中含有強烈的宗教色彩。暮年時光，他皆在幽靜的故鄉中度過，寂靜的歲月在他的畫筆上一日日的溜走，鄉居的生活使他得到了「避世的隱士」的雅號，任人皆知他不願他恬靜的生活受到擾亂，但是他對朋友卻是極其熱情的，在隱居期間，他的描繪技巧更為圓熟，在不知不覺之中，他已攀登上藝術的頂峰。當他於一九〇六年歿世之後，他的繪畫已被認為是二十世紀最重要的畫家，他的作風對後來的表現主義及立體派的畫家極富啟示性。

塞尚的一些傑出的作品，給予人的第一個印象是缺少「情趣」，他的題材皆極平凡，並不深刻動人，但是他的作品卻極有吸引人的魅力，那完全在於他的色彩與構圖，他對於一個蘋菓，一張面孔，一株樹木，以及一枝枝小小的欹斜的鬱金香，皆以同樣嚴肅的態度來處理，在他這持著客觀態度的畫家的眼睛裡，各種東西的價值都是「齊一」的，他以同樣的熱忱來描繪其形式，渲染其色彩，而賦予它們同樣的生命，這種認真態度，也就是他的一些前輩畫家們處理題材的態度，務使作品的內容在觀者的眼睛中看來極其戲劇化且完美化，他也許在描繪時用筆不多，但卻展現出一個創造的新天地，我們深感到其中有一股力量在激盪迴旋；在其中，靜與動，參差與諧和，形成了動人的情景，同時，他的天性中最優美之處，皆在畫面上流露出來：信心，正義感，以及那顆敏感、耽於思維的心靈所具有的那股堅毅不拔的強力。

一個畫家與其他方面的藝術家一樣，感覺是極其銳敏的，塞尚更有著格外敏於感受的心靈，但是他受了印象主義派畫家昆撒羅的影響，常常使自己對一切皆持客觀的態度，摒除了一切的幻覺、玄想，而使心境澄明靜定——即使他的心靈常常受到激動。

塞尚終生向理想的境界追尋，且奮力與自我及凡庸戰鬥，務期將之克服。他的藝術，也可以說就是他這番追尋與戰鬥的結果。在他一些充滿了沉靜氣氛的畫幅中，我們發現出一種獨立不倚的精神；儘管他的另一些畫幅充滿了亂雲野馬似的奔騰筆觸，而仔細一看，我們卻發現他已以光色與線條，抽繹出一種秩序規律與諧和完整。

他早年的一些作品，是粗糙而有力的，但是洋溢著一股豐富的創作力，那已隱隱的透出了未來的表現主義的消息，倘以他的作品與昆撒羅或莫奈的作品來比，他的作品顯得更為嚴肅，且有鮮明的對比。他與這幾位畫家不同，他早期的作品中已顯示在構圖方面非凡的天才——他是天生的一位長於構圖的藝術家，他極注意形式上的明確、均衡及對比，這與十六、十七世紀的畫壇大師們有著近似之點。他後期的作品一如他早期富於浪漫情調的作品，畫面上洋溢著一股情熱，一種強烈的激揚的情緒，自他的筆端迸發出來，透過紙背，如同大海的浪潮，如同火山的熔岩。他的後期的作品更使我們窺出他在藝術上的絕詣：——以壯麗的形象展現出一個廣大的感情的世界。

散文的抒情

散文的抒情，這題目本身就像個詩句，原是〈中華副刊〉編輯所擬的，我接過這個題目來已經好幾個月了，這個題目出得非常之好，但寫起來卻像是非常之難，我想，編輯先生的意思所指，殆有數方面：

一、抒情的散文。

二、散文中抒情的部分。

三、如何寫抒情的散文。

為了簡便，我將第一、二兩個小題目併做一個，全文分做兩部分來試寫。

散文中抒情的篇章，沒有什麼能與之比擬，如果勉強來比喻，我覺

得那就如小提琴的顫音，簫笛的清韻，落花的淡香，秋月的微暈，雨餘葉底的鳥鳴與靜夜小橋下的流水。

「抒情」是與「說理」相對待的，散文中抒情的篇章或段落，皆是作者「宣其湮鬱，道其幽思」。有時，一篇文章，在敘事、寫景之中，也流露出「感情」的成分，在散文中，我們很難發現純抒情而未言事寫景（這裡寫景一詞是廣義的，不只指的是描寫景色，亦指圖繪背景，渲染烘托時、地以及氣氛），或純言事寫景而不摻雜有感情的成分在內的。

像羅馬的西塞祿、法國的蒙田、英國的培根等人的散文，絕不是抒情的，而是說理的、分析的，這種文字，雖然也包括在文藝作品的範圍內，但是，除了他們清澄優美的文字供人欣賞外，其內容只是訴諸人的理智，而非訴諸人的感情。

至於像英國的吳爾芙夫人、比爾朋、美國的歐文諸人的散文則是能撥動人心弦，使之發出共鳴的抒情文字了。

我國唐宋八大家的文章，一部分是說理的，一部分是抒情的，而近代散文家如朱自清、徐志摩、落華生等人的作品，則是抒情的了。

曾經有一位詩人說過：「科學乃理智的兒子，詩歌乃感情的女兒。」其實，豈止詩歌是感情的女兒，一切扣人心弦的文藝作品，莫不是感情的女兒。抒情的詩句當然是，而抒情的散文亦是。因為，抒情的散文乃抒情詩的延展，抒情的散文寫至精純處，二者的界限往往混淆莫辨了，是散文，也是詩，是詩，也是散文。

欲寫出美妙的抒情散文，應該在心智、心性方面有著雙重的修養，心智方面，自然指的是多揣摩名家的作品，諳習人家達意表情的技巧，並盡力馳騁自己的想像力與聯想力，能以利用一些譬喻、象徵表現出自己微妙的感情，使得自己圖繪悲哀的文字，宛如「窗外的夜色，染藍了孤客的心」，使得自己描寫快樂的文字，如一片絢麗的春花，使讀者的心中，充滿了歡笑的氣雰。

至於說到心性上的修養，則是設法將自己的心胸擴大，宛如我在一篇短文中所說的：

使自己的方寸擴大，將天地萬物都裝盛其中，涵容一切，包被一切，體察一切，同情一切，所謂與草木通情愫，與花鳥共哀樂，就是這個意思。一個作家有惻隱之心，慈悲之心，才能以一雙悲憫的眼睛觀照世界，才能洞燭一切，了解一切，一種自他的靈魂深處發出的愛之輝光，使他的作品有了生命。只有這樣一位心地溫熱的作家，才能在篇章中強調生存感、倫理感，而具有了極深厚的感人的力量。

抒情的散文中的基調自然是情感，這是無庸贅述的，而這情感分析開來，不外是對人的愛——人類愛和同胞愛，以及對物的愛——對一草一木，一花一鳥亦皆懷著感情。「她的脈管裡流溢著紫蘿蘭的汁液」——這是一個文藝批評家批評英國一位女作家的話，這句話引人深思，為什麼說她的脈管裡有著紫蘿蘭的汁液呢，這無非說她與自然界的生物也懷著無限的愛與同情而已，一個作者對一切有著真摯的同情與愛，更能以極其神妙的筆法將之描寫出來，自然會成為一篇動人的文字，如果這篇文字是以散文的形式寫出的，這自然是一篇極成功的抒情的散文。不然的話，只以一枝「不忠實」的筆描寫一種虛偽的、做作的情感，滿紙將只充滿了王國維所說的空洞浮泛的游詞，不要說沒有感人的力量，甚至使讀者終篇的力量恐怕也很少呢。

抒情的散文中，有的是寫一種真摯的親子之愛，這一類的文章，古今中外感人的傑作很多，如：

舅父離去，怕正是早春的時候，因為花園中的番紅花正在開放，櫻草剛自新發芽的一株楊樹間探出頭來，當他走的時候，我從樹木的小空隙裡，望了他最後的一眼之後，我哭得像是心碎了。

——瑪麗・蘭姆：〈水手舅舅〉

寶寶愛散步，在秋天總是每天兩次，由我牽著小手到公園。天寒了，午飯後，領著她在林木道旁閒踱著，她的嘴裡溫著歌，路上散著黃色的落葉，月光從樹梢篩在地上，一個大黑影和一個小黑影，一高一低的彳亍著，於是我覺著這裡也有人生。

——謝六逸：〈做了父親〉

這兩段文字以淡淡的筆觸，寫親人間純摯的感情，偶爾寫一兩筆自然界的風物，將「情感」烘托得更格外感人。

又如：

畫堂四敞，一燈熒熒，高梧蕭疏，影落簷際，堂中列一機，畫吾母坐而織之，婦執紡車坐母側，簷底橫列一几，翦燭自照，憑畫欄而讀者，則銓也。階下假山一，砌花盆蘭，婀娜相倚，動搖於微風涼月中，其童子蹲樹根，捕促織為戲，及垂短髮持羽扇煮茶石上者，則奴子阿童，小婢阿昭。

——蔣士銓：〈鳴機夜課圖記〉

這篇主要的是寫圖中景象，而在寫「景」之中，流溢著濃重的感情。

清明後四日，侵晨，晨曦在樹，花香沁腦，是時，余與潮兒母子別矣，……忽回顧苑中花草，均帶可憐顏色。

——蘇曼殊：〈斷鴻零雁記〉

上面這一段，是自詩僧曼殊大師的著作中擷取下來的，他的這部著作原是說部，但每一片段，都是很妙的散文，所以我們特在此舉出一段做例子，在這幾行中，見出這位才華甚高的詩人對於花草樹木有著深摯的感情，且能以他充滿了同情的眼睛來觀照它，結果，苑中的花草皆在臨別前的一剎那現出了「可憐顏色」，這不是絕好的抒情佳句嗎，由這一句，我們可以知道那作者的情感與想像力是多麼豐富了。

有一次，我趕到一個地方，手把著一家村莊的籬笆，隔著一大田的麥浪，看西天的變幻。有一次是正衝著一條寬廣的大道，過來一大群羊，放草歸來的，偌大的太陽在它們後背放射出萬縷金輝，天上卻是烏青青的，只賸這不可逼視的威光中的一條大路，一群生物！我心頭頓感到神異性的壓迫，我真的跪下來了，對著這冉冉漸翳的金光。

——徐志摩：〈我所知道的康橋〉

上面這一段寫的是絢麗璀燦不可逼視的向晚景色，在詩人的心頭激發起的一股莊嚴神聖的感情。他的筆端沾濡著情感，也沾濡著色彩，所以才寫得如此優美動人。

寫到這裡，我們要探索一下，抒情的散文的核心——「感情」，我們如何才可將之過濾精純，表現於文章中？在此，我謹將我昔日一篇短短的演詞中的話錄在這裡：

當然，寫抒情的散文要有真正的感情埋藏於胸中，或有真正的感觸蘊結於心裡，但當你心潮澎湃不能自已時，卻先不要執筆，須俟情感冷靜，感情凝結，感情沉澱，然後為之。好的抒情文章，常是冷靜後感情的結晶，而非亂糟糟一團迸發的熔岩。等到你那喜怒哀樂的感情已成過去，它們的痕跡卻有如那奔流河水未攜去的細砂，靜靜的嵌在你心靈的河床上，最後，通過你敏銳的感覺與生動的回憶，再去玩味，再去思索，再去低徊欷歔。如今，這昔日曾震撼過你整個存在的感情，已和你有了一段距離，對它，你已能保持一份客觀的冷靜，更清楚的看出，可喜者之所以可喜，可悲者之所以可悲，思遠情深，寫來自然更為感人了。

文字的寶盒

這些天，我偶爾在空閒下來時，又重讀了一遍華盛頓．歐文的著作：《見聞記》。他這本書雖是在一百多年以前寫的，但現在讀來仍覺得雋永有味，其中有一篇文章，談到作品永恆的價值的問題頗多精闢之見。他的大意是說：

> 一個詩人，一個真正的詩人，不是只以他的頭腦，他的思想來寫文章，而是以他的心靈來寫。因為他表現於紙上的是一片真摯的情感，所以能夠引起讀者心靈的共鳴。大自然的面貌是亙古不變的，且永能引起人的興會，詩人就是大自然忠實的寫照者。詩人

們永不會犯下筆不能自休的毛病，而使文字有累贅煩瑣的毛病，他們也不會將一個意思反覆的引申、發揮而使人感到膩煩。他們所寫的皆極簡淨、感人、精彩。他會用那最優美的語言，來表現那最優美的思想。他將在大自然及藝術中發現感人的一切描繪入篇，他更以一幅閃過他眼前的人生小景，來使他的作品豐富而充實。因此，他的作品反映出了他所生存的時代之精神與氣息。他們那些精妙的詩篇，就如同一些寶盒，在那小小的密積之內，藏放著祖傳的珍寶。——那珍寶如此輕便的裝盛著，傳給後來一代代的人。自然，一些詩篇的背景、取材，由千載之下的讀者們看來，也許稍嫌古僻了一些，但是，這並無關宏旨，它本身的光彩，與其真正的價值，卻是永不會有所減損或改變。

他在這裡所指的詩人，當然是廣義的，凡是那些能在紙上表現出心靈的聲音，優美的思想，同時，更能以極其精彩的語句，表現出深刻的含義的，都可說是真正的詩人——真正的作家，他們的作品，也將如華盛頓．歐文所說的珠寶盒一般，一代代的傳了下去。

時間原是一面很大的篩子，古往今來，寫成的著作何慮幾千萬種，但是，留存下來的又有多少呢？在那幸而留存下來的一些當中，有的也不過只在圖書館的目錄中留下了一個名字，實際上還不是長年累月的倚立於書架之上，難得有機會被拿了下來換換空氣，更無須說被讀者們翻閱一下了。而只有那些以自己整個的心靈來寫作，在篇頁上記錄下當代人的感受，使時代的脈搏跳動於紙上的，而能使讀者展卷之餘，為之歌哭奮發的，能夠在任何一個時代中皆找到它的知音。所謂表現時代，而超越時代，所指的就是這一類的作品了。

奧斯定的自傳

在一些文藝作品中，我最愛讀傳記，而尤嗜讀一些學者文人們的自傳。

自傳是其作者的現身說法，是他們在人間旅行的忠實紀錄。其中一些事，是人人可能遭遇得到的，而卻不是人人所能描寫得出的，讀者們可以在這真實的生命故事中，看到自己整個或部分的映影，遂覺格外親切有味。

一部動人的自傳的作者，除了他的筆有著高度的寫實技巧以外，他更得有可讚美的性格。最要緊的是，他得是一個坦誠的人，能夠寫出他的缺失，他的狂愚，為他的自畫像描出了陰影，使之更富於藝術上的實感。在今日的社會中，多的是諳習「裝璜」與「修飾」藝術的人，我們多需要一位作家，有著近乎孩提的天真赤誠，以自我的本來面目，面對讀者。自傳性的文章，我們不求其富於色彩，我們要的是林語堂氏所說的那種本色美。

好的自傳，不僅不修飾，更不掩藏。跛腳詩人戴維斯(W. H. Davies)在他那部《流浪者的自傳》中，不諱言自己本身的缺陷，與一些不大體面的事，致引得那位幽默大師蕭伯納讀時不禁拍案叫絕：

> 就拿書中寫的情形來說，我不禁憤然自問，一個人失掉了一條腿時，是否像龍蝦掉落了一條長鬚，或者蜥蜴失去尾巴那樣的若無其事？

我不知道蕭伯納是否看過奧斯定(A. Augustine)的這部自傳《懺悔錄》(*Confessions*)，其中引他驚異，引他憤然自問的事多著呢，雖然並未失去一條腿，而奧斯定在他放浪的生活中，多少次連他整個的「自我」都失落了，但終於幾經努力，又將自己的靈魂重新找了回來。他這部自傳，寫的就是他冒著生活中的驚濤駭浪，自救的經過。這樣一齣感人的生活戲劇，他寫時的態度卻是那樣平靜，那樣冷靜，那樣的若無其事，娓娓而談，好像是說著別人的事情一樣。這一部好書中的每句話，都有一種單純的美。

奧斯定於西元三百五十四年，生於南非，他的父親是一個沒有什麼學識的葡萄園主人，這位園主於四十歲時和一位端莊賢淑的十七歲的小姑娘結了婚，她就是奧斯定的賢母。奧斯定自幼頭腦明敏，儀表俊美，只是不喜讀書，直到年齡稍長，才發現了讀書的樂趣。十八歲時離家，到當時文化發達的迦太基去深造，但初次離家，這個乍嘗風燈零亂、羈旅況味的少年人即失去了生活的軌道，他後來自敘當時：「我喜歡上了愛情！」可憐的奧斯定，那並非純真的愛情，不過是不正當的情慾！從此他沉湎醇酒、女人的生活中，但天資高曠的他，並非甘於長此沉淪。

一位法國的學者瑞甘描寫他說：「他的心中迸發著愛的火花，他的靈魂像一隻山鷹，盤旋著尋求愛慾的滿足，但即使在這方面感到滿足，他的心靈依然感到無限的空虛，他於是有所憬悟，極力想自不正當的柔情中掙扎出來，追求崇高的友情。」

好多年過去，在情感的漩渦中，他載沉載浮，他的生活放浪，而他的心靈一直保持著清醒，他不停的追尋正途，同時，在名著典籍中查尋著生活的答案。他先讀到了羅馬著名的演說家及學者西塞祿的著作，這本書照澈了他內心的幽暗，他自己說：「這本書改變了我的心，……在一種特別興奮的情緒中，我尋求到永恆的智慧。」他也閱讀《聖經》，讀第一遍時他覺得索然無味，但重讀之下便覺得不同了：「這書表面上看來似極尋常，但愈讀愈覺得它內容的超越，字裡行間，到處垂著神祕的幃幕。」在現實生活方面，他雖仍無多少改變，但他已朝了那最高的智慧挪移腳步了。他到了羅馬的米蘭之後，開始研讀哲學，那時他正當三十來歲的壯年，他雖還未能把握住真理，但已有了對於真理的渴望。埋首於哲學的典籍中，柏拉圖和新柏拉圖派的學說，吸引住了他。在這方面深入的研究，對他的思想發生了極大的穩定力。

柏拉圖在他的著作《國家篇》裡，曾把心靈分做理性的與非理性的兩部分。理性的部分是智慧，非理性的部分是意氣和情慾，當智慧統馭意氣和情慾時，就是自主，否則就是自役。只有當心靈擺脫了情慾，進而注意理性的世界時，我們才能自虛幻看到了永恆，自形象看到了實在，自影子看到了美、善的範型，而把握住至善。這對於迷戀於聲色中的奧斯定，確是一大啟示。他自承：「柏拉圖使我在形式以外的世界上去尋求真理！」至此，他在知識的王國裡，又向前邁進了一步。

雖然是柏拉圖將他引進了哲學的領域，但奧斯定卻能自己卓然成家，在哲學的體系上，他是承繼了希臘人的系統，而對柏拉圖並未多所依傍。他在哲學的論著中，所表現的主張是：愛是最高的德性，是一切德性的根源。舉凡節制，堅毅，公正，智慧，皆是由愛而生，他更主張人該以節制的德性來與自己內心的惡習搏鬥。他更要我們永遠充滿希望，樂觀的生活下去，耐心的等待著希望中一片美妙境界的閃現，而無須去「杜撰」一些現實的幸福，幸福自在其中矣。

奧斯定生平著作甚多，卷帙浩繁，而最有名的就是他的這部自傳，他自己即曾說過：

我的著作中最能吸引讀者的一部，要算是我的《懺悔錄》了。

讀他的這部著作時，我們會聯想起法國的盧梭那部《懺悔錄》，兩本書的性質相似，內容相仿，只是前者更富於哲學意味，而後者的文藝氣息較濃罷了。盧梭那本書的寫作，是否是受了奧斯定的影響，我們則不得而知了。

在這部《懺悔錄》中，奧斯定毫無隱瞞的寫出自己的愚舉與罪行，他更曾寫出自己犯過的偷竊罪：——在一個晚上，他和另外幾個小孩，把鄰家樹上結的黃澄澄的梨子摘下了很多，他們的目的並不是要嘗味這禁果，只是出於一種惡作劇的心理，拿了來四處亂擲，以為笑樂。他也曾寫下他少年時期的放蕩行為：

從我十九歲到二十八歲的九年中，隨著情感波瀾的浮沉，我受過人的誘惑，也曾誘惑過人；我受過人的欺騙，也曾欺騙過人。

但他慧根深厚，不甘長此沉淪，幾經掙扎，他終於跳出了那溫柔陷阱。關於這，他有極其生動的描繪：

我那些可恨而又可憐的女相識們，……在我的耳邊低語：你當真要離棄我們嗎？從此以後，我們真就不能接近你了嗎？

在這些魔女的聲音中，他不是沒有矛盾的，他寫道：

我對自己說：應該下決心了，應該作決定了。……但我雖竭力想挪移我的腳步，卻仍然停留在那裡。可慶幸的是，我並未蹈過去的覆轍，我只是在深淵的邊緣喘息。我做了一個新的嘗試，我幾乎可以說是達到理想的目標了，但還是有幾分距離，因為，我還沒有「以死求生」的決心。

但他終於有了「以死求生」的決心，終於離開了那逸樂的生活，而成了一個刻苦自勵，言行一致的聖賢與學者。

他也曾毫不隱諱的寫出了他的虛榮與淺薄：

我很喜歡受頌揚，但我卻更愛真理。假如有人問我，是願意陷入錯誤而受讚美，抑是願堅持真理而受詬詈，我當然知所抉擇。……但我得承認，別人的稱讚，會使我感到快樂，而人家對我不贊一詞，我會嗒然若喪……。

「我得承認，別人的稱讚，會使我感到快樂！」多坦誠的自白！我們在一些西洋歷代名人的傳記中，看到的多是摜掉冠冕，以博取眾人歡呼的凱撒，而在這本書裡，我們才看到一個老老實實的人物的典型！

因為奧斯定是一位博覽群籍的學者，更是一位有名的修辭學家，所以他的文字，雅健有力，完美無瑕，下面幾段是自他拉丁文原作的英譯本轉譯的，幾經移植，面目全非，但也許仍可見出他的文字的一點風貌吧？（下面幾行是他對真理的讚詞。）

> 彎曲的僻徑！那些想離開了你（真理），而企圖尋到理想的人，真是愚不可及！尋來覓去，到頭得來的只是痛苦；……但是，瞧啊，你原來就屹立在近邊，只有你才會將我們自那徒勞中解脫出來，引我們走上你的坦途，且安慰我們說：疾馳吧；我將提攜你；是的，我將帶你走過，去到那方。

書中更有一段，寫到他與慈母的聚晤：

一日，我們母子兩人憑窗閒眺，那窗子正好下臨那所奧斯霞舊宅的花園。那裡很清靜，遠離塵囂。我們在長途跋涉之後，頗感勞頓，正好在此稍事休息，以再上征程。我們很快意的談著，忘懷了過去，矚望著未來。我們談到，世間純物質方面的最高歡樂，不但不能和永恆的快樂比擬，且是不值一提的。

這部書成於奧斯定的壯年時期，一千五百多年以來，一直被列為文學名著，譯為各種的文字，我國的一位哲學家曾批評這本書說：

這書是他年輕時代寫的一部生動、忠實、真誠的著作，讀其書而不生誠敬之心的，可以說是少而又少。

近人加底納在此書英譯本的序文中說：

這部《懺悔錄》，是奧斯定在人生的「追尋」過程中完全而坦率的自陳。他安詳而謙抑的徐徐向我們展示出他所尋到的絕對的美。因為他的追尋也就是我們的追尋，他的發現也可以說是我們的發現。他當時對沒落的羅馬帝國所說的一些話，對我們這原子時代，同樣的有力，同樣的動人，因為「心靈訴諸心靈」，如果說，曾有一顆偉大的心靈來傾訴，那就是他的；如果說，有些驚悸而渺小的心靈，需要他言詞的啟迪，那就是我們的。

更有一位西方的學者說，在他的這部自白中，我們找到了柏拉圖的邏輯，亞理士多德的科學觀念，以及明晰的心智，贍麗的文藻。而我們卻說，在這本書中我們找到了一個人，一個活生生的真真實實的人，他寫盡了他的缺失毛病，但那並不能掩飾他靈魂的輝光。尤其可貴的是，他大聲疾呼的說出他童稚及少年時期的愚騃：「我愛玩！」顧迪埃在他的著作《由過惡而成聖賢》一書中，特別讚美他這句話。別看這是一句簡單的話，但難得有幾個大學者大聖賢敢如此自承。所以顧氏說，奧斯定的偉大是由「渺小」組成的，我們覺得他格外的「像」我們，且充滿了人情味。另外可注意的一點是：他生活於重重的錯誤之中，但有著一股追尋真理的精神，他遍訪名師，泛讀群書，行行重行行，終於看到了真理、道路與光明。他的書，他的事蹟，對於一些徘徊歧路的心靈，實是一點深夜的星光。

我試寫《西洋藝術史綱》

前年的夏天，在此間光啟出版社負責人的鼓勵之下，我開始搖著筆來寫這部《西洋藝術史綱》，實際上，是由一位外籍的雷煥章神父指示我寫作的綱領，並供給我寫作的資料，只是由我執筆而已。

對於藝術，我可以說是所知甚少，連「淺嘗」也談不到，但我竟然不顧英國詩人鮑波的譏笑：「膚淺的知識是一件危險的事。」而妄自利用這點淺薄的知識來寫書，豈非近乎狂妄？我所以敢於擔當這件大工作，只是憑恃了一樣東西——興趣。

儘管我對藝術所知甚尠，但我多少年來始終對它保持著熱烈的愛好，平時只要能看到一本有關藝術的書籍，我總不肯將它輕輕的放過。以前在一篇短文中我曾說過：「儘管我關於藝術的知識極其淺薄，但那並不妨礙我自藝術中得到高度的快樂。一個人只要努力去追尋，自會得到他應得的一份，這是藝術女神對我們的寬厚處。」這幾句話，確是我的經驗之談，多少時候來，我的生活一直陷於空寂無俚之中，在這幽居的生活中，一支名曲，一幅好畫，給我的悅樂簡直難以描繪，我有時真可以說是沉浸其中，心靈「陷溺」於無限的美感裡，整個的精神更如插了雙翼，慢慢的飛越、升騰，終於達到了高遠、優美的境界，而渾忘了粗糙的現實中的一些煩惱。

在編寫這部書的過程中，我得以獲知了西洋藝術的淵源與流派，並得機會觀賞了一些藝術傑作的複製品及圖片，白種人的祖先們在西班牙的山洞岩壁上所拍出的手印，色彩斑斕，有著近代圖案般的匀稱排比，古波斯優美典麗的壁上浮雕，激發了我嚮古的幽情，更使我知道：愛美乃是人類與生俱來的天性，對諧和，匀稱的喜愛，雖穴居野處的初民亦不例外，這反映出人類的喜歡秩序乃出自本性，在這干戈擾攘的世界上，我們如何藉了藝術的力量，喚醒了人們心中原有的優美意念，實在是一些藝術工作者的責任。

如今寫這藝術史的工作，斷斷續續的已進行了一年多，到現在已完成了四卷，雖然有時因家事紛煩，進行的速度很慢，但我相信尚有這份勇氣與毅力完成這艱巨的工作。我在學校時選讀的美學 Fine Arts，對我之編寫此書，尚略有益，雖然當年那位德籍的艾克教授所講側重在繪畫方面，且只是自中世紀以後的西方藝術講起，但在研習那門功課時，我稍微諳知了一些西洋藝術發展的源流，並使我學習著如何欣賞一件藝術傑作：——那就是把你自己的情感注入到那件作品中，以自己的心靈來與藝術家的心靈相遇，體會出他或她創作時那份心理上的感受。如此，在瞻對一張王后的古老畫像時，自可聽到她的低聲的自述，甚或感到她那一股溫馨的氣息；而一塊經過名家斧鑿的石頭，也會藉了我們的充滿熱情的注視，而使當年那雕刻家給予它的生命復甦。

這部藝術史在我只是業餘客串的性質，我的獲得是靈魂上接受的美的洗禮，而非稿費。一年多以來，我藉了寫這部書，已觀覽了幾百件藝術品，每一件，都向我吐訴著一個最美的故事——藝術家創造的心理過程以及理想，無形中我等於聽到了無數第一流的藝術天才對我敘述他們的創作經驗。文學與藝術原是相通的，由這方面，我也悟解了一些文藝寫作上的奧妙。我想，寫完了這部藝術史之後，我在寫作上也許會有些許進步。寫作的技巧是操縱文字，駕御文字，使之得心應手，一如畫家之調弄油彩，雕刻家之琢磨石塊，鎔鑄青銅。我希望有一天我能夠在小說中塑造出一個人物，宛如那個古埃及的國王——蘭姆賽斯二世的雕像一般的富於活力及生命，將那古代傑出雕刻家的技巧，運用到紙上來作人像的浮雕，——乃是我的一個小小的夢想。

海敏威的思想與技巧

——《海敏威創作論》序

最近幾十年，美國的文學作品，被譯介到我國的不少，寫《黑貓》等神祕小說的愛倫坡，著《紅字》的霍桑，對一些讀者，是最響亮的名字，而除了這兩個人以外，我們最熟悉的作家，恐怕要算是海敏威了，他初期的作品《沒有女人的男人》(*Men without women*)，二十年前即有中文譯本，那以前，在上海出版的《現代》雜誌，也曾刊出過他的獵裝照片，且曾有專文介紹他的作品，在那篇文字中，記得那位作者曾用「野獸派」一詞，形容過他文字的風格，二十年來，他在我國的盛譽始終不衰，他給予這東方古國讀者們的印象，一直是鮮明的，就這一點而言，他同時代的一些作家們，即使煊赫如福克納者也難與之比並。

但是，海敏威在我國讀者心目中的地位，當真是值得誇耀的嗎？實際上則未必，我以為他之受人誤解的程度，一如他頭上的光圈輝煌的程度，我曾聽到朋友指摘他的小說《戰地鐘聲》粗糙紊亂，《老人與海》單調乏味，不像小說，「不憐歌者苦，但傷知音稀。」該是海敏威在我們這古老的國度所感到的最大的悲哀吧？

青年學者兼名翻譯家何欣先生，也許是有鑑於此，才將他這部數年來的心血結晶《海敏威創作論》，公諸於世，在這部書裡，他對海敏威的作品，作一極有系統的研究，將海敏威的單純而深邃，粗獷而優美，似平淡而實絢爛，極詩意而又富活力的作品，探發幽微，作一極深入的闡釋與分析，可說是我國近年來介紹西洋作家的一部重要著作，何先生真也堪稱是海敏威的異域知音，藉了他的這部書，這位當代偉大作家的宏壯優美的心曲，讀者們聽來將更為清澈悠揚。

近些年來，歐美傑出的作家很多，而最能做我們這苦難時代的代言人的，要算是海敏威了。我們所處的，是一個史無前例的危疑震撼的時代，我們生活在兩次大戰的夾縫中，在一次次的劫難之後，地上的廢墟仍可重建，而精神上的斷壁殘垣卻是無法修復，此情此景真如本書作者何欣先生所說：「舊的是連根拔起來了，新的卻是一片茫然。」夕陽殘照之中，極目荒煙野蔓，誰能不感到極度的惶惑，為了此心沒個安頓處而深深苦悶？眼前的暮色越深，越是加速度的向前狂奔，而愈是追尋，愈發現世界的空虛，越感空虛，越要追尋，寖假而形成心理上一種惡性的循環（Vicious Circle），末了，才明白外求只是徒然，只有靠自己的力量來肯定這虛飄如蒲葦的生命，由於這心理上的變化，有的人變得勇敢，有的人陷於狂縱，——由「內荏」而形成「色厲」，希望藉了勇敢或狂縱，給生命的分量上加幾個砝碼，海敏威筆下的人物，大概是如此的：——

翻讀著海敏威的作品，我們時時似聽到他的嘆息：「世界空洞無物，人類生活堪憐。」他更曾說過：「人類像是露營篝火燃燒著的木頭上的螞蟻」，遑遑之狀，可以想見。這些「螞蟻」究將如何呢？他們是無可奈何，他們是還要活下去，在知其不可而為之的心理狀態下，以孤注一擲的精神，作困獸之鬥，這麼一來，生命的戲劇不復是堪憐的了，而是有聲有色，可歌可泣的 Opera 了。為了符合他的思想及作品中的情節，海敏威所創造的人物幾乎都是這種「強項的硬漢」，這些人，又可以分為二種：一種是先天生來頭腦單純，由於無知，故亦無懼；一種則是由於現實鐵砧的錘打，生活洪爐的熬鍊，故而硬朗無比，他們在圖繪著戰爭，毀滅與死亡的人生佈景前，以強烈的反應，來表示他們特殊的敏感：——有些人是苦中求樂，耽於官能的享受，沉湎酒色，有些人，則是「挺而走險」，去從事於冒險的事業，鬥牛、打獵，與大自然搏鬥，——實際上，也是在一片黑影中與殘酷無慈的人生搏鬥，在場場的戰鬥中，即使注定了他要輸，他卻不服輸。

這些人物，出現在海敏威作品的篇頁上，都是以「狂暴」的姿態，然而，多麼溫文的狂暴！狂暴的是那激昂得近乎錯亂的精神，卻不是那格於規律的行動！關於這，美國當代的作家兼批評家瓦倫 P.P. Warren 說得最好了：「他（指海敏威）的典型人物是硬漢，自外表看起來，神經痲痺，卻是對一種法規和紀律效忠。」人們正因為想給這擾攘不寧、動盪不安的世界增加一點條理，以免他們自己進退失據，所以這才制定出一種自律的法規，才來對這些法規效忠，如此一來，生命的悲劇效果更為加強了。這些人勉強自己納入那些自制的規範，（這些規範，瓦倫曾舉例說明為：鬥牛的技巧，愛情上的堅貞，以及一些下流社會中人物的幫規。）藉了不逾不渝，以肯定其自我存在的意義，以維持一點自我的尊嚴和榮譽，但也因了這，更加強了他和環境與自然人性的衝突。

衝突發生了，他並不畏葸，他本是不服輸的，他進而企圖克服，即使不免挫敗，他仍然要掙扎，是什麼樣的心念在支持著他呢？——只因他深知欲肯定其生存之價值意義，維持其個人的榮譽與尊嚴，捨此之外，更無其他的途徑，為此，他才敢於和自然力及環境鏖戰，即使在死蔭的籠罩中，他也毫不退卻，他知道，即使敗陣下來，他的胸前也會綴飾上一顆發光的寶石——那光榮的標誌。

在海敏威的作品中，以挫敗的形式，圖繪勝利的意義的，《老人與海》便是一個出色的例子，那倔強的老漁人，雖在絕望之中，依然充滿了不屈的鬥志，雖然到頭來獲得的只是一根白色的大魚骨骸，但誰能說這根魚骨不是光榮的象徵呢？這正像一個詩人所歌讚的：

我以我的一切下賭注，
這我把最後的一點兒都輸光，
我將以我自己為賭注，
那麼，我想，
我將藉我的完全失敗而勝利了。

藉「完全失敗」以博取勝利，這正是海敏威筆下一些人物特具的精神。

海敏威可以說完全是以逆寫的筆法以肯定其生之意義，流貫於他作品中的是一個信念：「一個人可以被毀，但鬥志卻不能被消滅。」在人生一些問題上，海敏威表現出他獨特的看法與想法，他的小說是帶有濃重抒情氣氛的「詩」的小說，而不是如巴爾扎克一般的「人」的小說。

海敏威的文字是單純、有力而精確的，他真實而不「教誨」，純樸無華，絕不搔首弄姿，他的人物都沒有如簧之舌，都是不愛發議論的，對話短，但是極有力量，有分量，總之，他處處表現出節制、經濟、種種寫作技巧上的「美德」。凡庸的作家，受文字的支配，捉住一個字眼，便苦苦不放，而天才的作家，則是支配文字的，且增益豐富化其內涵與機能，像在《戰地鐘聲》的對話裡，儘多不堪入耳入目的粗話，但我們如能把握其全篇精髓之所在，則對這些句子，往往忘其俚俗，因為篇章中另有一種力量，使那些文字昇華了。

斯坦因女士曾讚美過海敏威，說他是個「最芳香的說故事的人」，我們也可以說這本介紹海敏威的著作，也是一本馥郁的書，展卷自覺有一股芬芳之氣，來自那美好的文字與精深的思想。本來這本書是無需任何人再加以說明的，我遵作者之囑，寫了這篇小序，只算是華廈前的一道廊廡，引讀者進入書中的堂奧。最後，我更要說，這是一本好書，凡海敏威的作品的幽晦難解處，作者都散佈上了他智慧的星光。

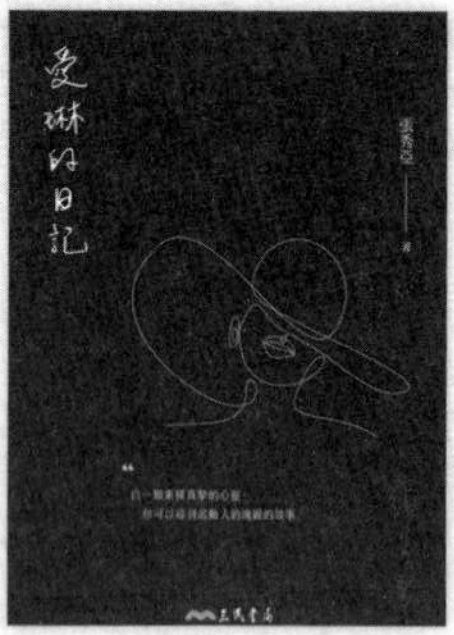

愛琳的日記

張秀亞／著

本書記錄張秀亞女士在臺中生活的點點滴滴，以及對文藝創作的看法。作者以優美細膩的文字，在筆端燃燒內心的熱情，並擁抱生活和大自然的愛與純真、追求人生深邃的真理、領略不平凡的感情與崇高的意念，發現人性的真、善、美，漫溢在這紛紛擾擾的人世間，感動你我的心。

北窗下

張秀亞／著

一扇向北的小窗，為心靈繫上想像的翅翼，一泓曲澗、一枚小石、一片綠影，醞釀成一篇篇的飄逸情思。張秀亞女士在窗內捕捉璀璨的意象，於窗外尋繹人生的啟示。她的文字，有掇拾記憶與自然的喟嘆、洞徹人性及真理的光輝，洋溢著動人的芬芳。她用深富哲思的文筆，樹立抒情美文的典範。

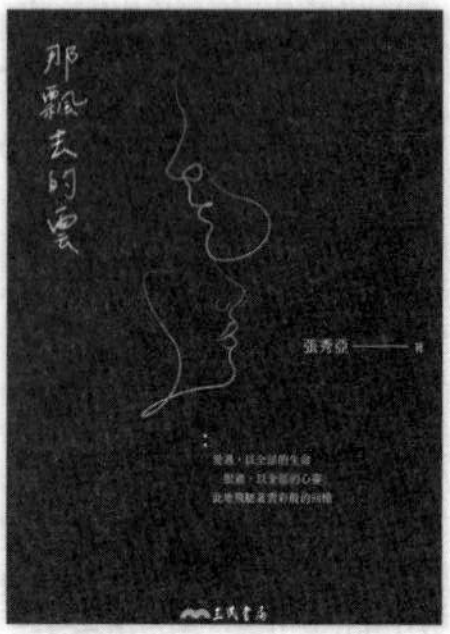

那飄去的雲

張秀亞／著

本書收錄十六則小說，捕捉縹緲的情愛絮語，或憂或喜，都在傾刻流洩的一念之間；描寫稚子翻騰真摯的小小願想，晶瑩動人。筆鋒融合東方抒情傳統與西方現代主義風格，對細節的捕捉、幽微氛圍的營造極其敏銳，從她的筆端真誠不矯的映射出「每個人心中被愛情五味酒浸透的歲月」是如何「掙扎著站了起來，跨出了夢境的門檻」……

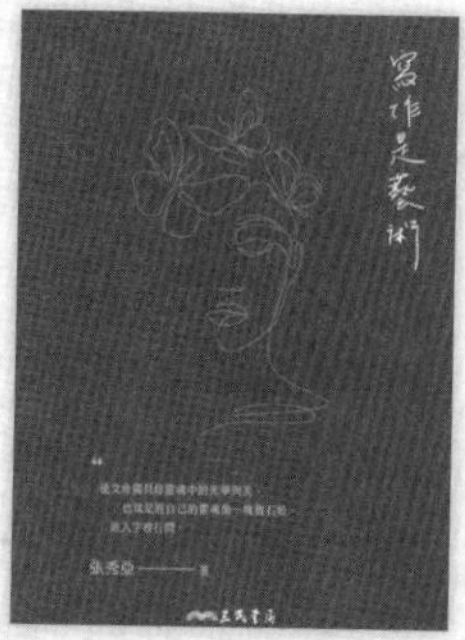

寫作是藝術

張秀亞／著

作者以其得意之筆，寫她對寫作技巧的分析、對我國文學優美傳統的闡釋，以及在文學藝術上的深刻見解，更有她意境高遠的抒情寫景的絕妙散文，詞采清美、光芒四射。欲體會人生哲理，諳習寫作要旨，提高生活境界者，不可不讀。

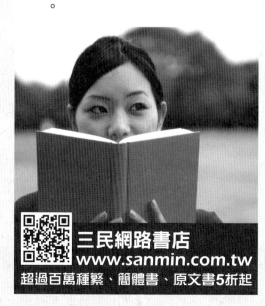

國家圖書館出版品預行編目資料

我與文學／張秀亞著.——三版一刷.——臺北市：三民，2021
面； 公分.——（張秀亞作品）

ISBN 978-957-14-7206-5（平裝）

863.55 110007830

張秀亞｜作品

我與文學

作　　者	張秀亞
發 行 人	劉振強
出 版 者	三民書局股份有限公司
地　　址	臺北市復興北路 386 號（復北門市） 臺北市重慶南路一段 61 號（重南門市）
電　　話	(02)25006600
網　　址	三民網路書店 https://www.sanmin.com.tw
出版日期	初版一刷 1967 年 6 月 二版一刷 2006 年 6 月 三版一刷 2021 年 6 月
書籍編號	S810460
I S B N	978-957-14-7206-5

三民書局